HENRY JAMES
*Eine Dame von Welt*

 aufbau

Treppenaufgang im Pariser Théâtre-Français, 1850

# HENRY JAMES

# *Eine Dame von Welt*

## EINE SALONERZÄHLUNG

*Herausgegeben
und aus dem Englischen übersetzt
von Alexander Pechmann*

Mit 2 Abbildungen

ISBN 978-3-351-03634-8

Aufbau ist eine Marke der Aufbau Verlag GmbH & Co. KG

1. Auflage 2016
© Aufbau Verlag GmbH & Co. KG, Berlin 2016
Einbandgestaltung ZERO Werbeagentur, München
Satz LVD GmbH, Berlin
Druck und Binden Kösel, Krugzell
Printed in Germany

www.aufbau-verlag.de

# 1

*J*enes ehrwürdige Stück Stoff, der Vorhang der Comédie-Française, war am Ende des ersten Akts gefallen, und unsere beiden Amerikaner hatten die Pause genutzt, um das große aufgeheizte Theater zusammen mit den anderen Zuschauern aus den Sperrsitzen zu verlassen. Sie zählten jedoch zu den Ersten, die zurückkamen, und vertrieben sich den Rest der Unterbrechung mit dem Inspizieren des Hauses, das unlängst von seinen historischen Spinnweben befreit und mit Fresken, die Szenen aus klassischen Dramen darstellten, verziert worden war. Im September sind die Besucher im Théâtre-Français vergleichsweise dünn gesät, und an diesem Abend erhob das Drama – *L'Aventurière* von Émile Augier – nicht den Anspruch, eine Neuheit darzustellen. Viele Logen standen leer, andere wurden von einem Publikum besetzt, das einen provinziellen oder nomadischen Eindruck machte. Alle sind weit entfernt von der Bühne, in deren Nähe unsere Zuschauer saßen; Rupert Waterville indes wusste sogar aus der Ferne gewisse Details zu bewundern. Er liebte es, die Details zu würdigen, und wenn er im Theater war, ging er dieser Leidenschaft ausgiebig nach, indem er ein kleines, aber bemerkenswert starkes Opernglas zu Hilfe nahm. Ihm war durchaus bewusst, dass ein solches Benehmen keineswegs als vornehm gelten konnte und es sich nicht schickte, ein Instrument, das kaum weniger verletzend wirkt als eine doppelläufige Flinte, auf eine Dame zu richten, doch wurde er stets von großer Neugier geplagt und war sich bei diesem antiquierten Bühnenstück – wie er das Meisterwerk eines Akademiemitglieds zu beurteilen beliebte – jedes Mal sicher, genau den Moment abzupassen, da ihn niemand, der ihn kannte, beobachtete. So stand er also mit dem Rücken zur Bühne und nahm eine Loge nach der anderen ins Visier, während einige andere dieselbe Unternehmung noch abgebrühter durchführten.

»Nicht eine schöne Frau darunter«, berichtete er schließlich seinem Freund, eine Beobachtung, die Littlemore, der auf seinem Platz saß und mit gelangweilter Miene den neu aussehenden Vorhang anstarrte, mit vollkommenem Schweigen quittierte. Er schwelgte selten in derlei wandernden Blicken; er hatte viel Zeit in Paris verbracht und aufgehört, sich groß für etwas zu interessieren oder sich gar zu wundern. Er glaubte, die französische Hauptstadt könne ihm keine weiteren Überraschungen bescheren, obwohl sie ihm in früheren Tagen so viele geboten hatte. Waterville befand sich noch im Stadium des Staunens; er brachte ebendieses Gefühl plötzlich zum Ausdruck. »Herrgott!«, rief er, »ich muss mich bei Ihnen entschuldigen – ich muss mich bei *ihr* entschuldigen – hier ist doch eine Frau, die man …« – er schwieg kurz, als er sie musterte – »… eine Art Schönheit nennen kann!«

»Welcher Art?«, fragte Littlemore abwesend.

»Einer ungewöhnlichen, einer unbeschreiblichen Art.« Littlemore zeigte keine Regung, wurde aber bald darauf erneut angesprochen. »Hören Sie, ich würde Sie gern um einen Gefallen bitten.«

»Ich habe Ihnen einen Gefallen getan, als ich Sie hierher begleitete«, sagte Littlemore. »Es ist unerträglich heiß, und das Stück gleicht einer Mahlzeit, die vom Küchenmädchen zubereitet wurde. Alle Schauspieler sind die Zweitbesetzung.«

»Beantworten Sie mir nur diese eine Frage: Ist sie ehrbar?«, fuhr Waterville fort, indem er das Epigramm seines Freundes überging.

Littlemore stöhnte, ohne sich umzudrehen. »Sie wollen immer wissen, ob sie ehrbar sind. Was um Himmels willen macht das für einen Unterschied?«

»Ich habe so viele Fehler gemacht – und jedes Vertrauen verloren«, erwiderte der arme Waterville, dem die europäische Zivilisation noch immer schleierhaft war und der sich während der letzten sechs Monate mit Problemen konfrontiert gesehen hatte, von deren Existenz er zuvor nichts geahnt hatte. Wann immer er einer äußerst attraktiven Frau begegnete, stellte sich mit Sicherheit heraus, dass sie derselben Klasse angehörte wie die Heldin des Dramas von Monsieur Augier, und wann immer er seine Aufmerksamkeit einer Dame zuwandte, die eine eher üppige Anziehungskraft zur Schau stellte, entpuppte sie sich mit größter Wahrscheinlichkeit als eine Gräfin. Die Gräfinnen wirkten so oberflächlich und die anderen so vornehm. Littlemore hingegen brauchte nur flüchtig hinzusehen, er irrte sich nie.

»Wenn man sie nur ansieht, macht es vermutlich keinen Unterschied«, konterte Waterville die recht zynische Frage seines Gefährten.

»Sie starren sie alle auf dieselbe Weise an«, fuhr Littlemore fort, der sich immer noch nicht rührte. »Ja, außer wenn ich Ihnen sage, dass eine nicht ehrbar sei – dann starren Sie nicht, sondern gaffen!«

»Ich verspreche Ihnen, die Dame nie wieder anzusehen, sollte Ihr Urteil negativ ausfallen. Ich meine die in der dritten Loge vom Mittelgang mit dem weißen Kleid und den roten Blumen«, fügte er hinzu, als Littlemore langsam aufstand und neben ihn trat. »Der junge Mann lehnt sich vor. Er ist der Grund, weshalb ich an ihr zweifle. Hätten Sie gern das Opernglas?«

Littlemore sah sich ganz entspannt um. »Nein, danke, meine Augen sind gut genug. Der junge Mann ist von hohem Rang«, fuhr er kurz darauf fort.

»Von sehr hohem, aber er ist mehrere Jahre jünger als sie. Warten Sie, bis sie sich umdreht.«

Da drehte sie sich um, offenkundig hatte sie mit der *ouvreuse* an der Logentür gesprochen, und wandte ihr Gesicht dem Publikum zu – ein reizendes Gesicht mit feinen Zügen, lächelnden Augen, lächelnden Lippen, die Stirn geziert von zarten schwarzen Locken, während an den Ohren Diamanten funkelten, die groß genug waren, um vom anderen Ende des Théâtre-Français gesehen werden zu können. Littlemore betrachtete sie, dann rief er plötzlich: »Geben Sie mir das Opernglas!«

»Sie kennen sie?«, fragte sein Begleiter, als er die kleine Sehhilfe überreichte.

Littlemore antwortete nicht. Er musterte nur schweigend die Dame, dann gab er das Opernglas zurück. »Nein, sie ist nicht ehrbar«, sagte er und ließ sich wieder auf seinem Sitz nieder. Als Waterville stehen blieb, fügte er hinzu: »Bitte setzen Sie sich. Ich glaube, sie hat mich erkannt.«

»Sie wollen also nicht von ihr erkannt werden?«, fuhr Waterville sein Verhör fort und nahm Platz.

Littlemore zögerte. »Ich möchte ihre Beute nicht scheu machen.« In dem Moment ging der *entr'acte* zu Ende, und der Vorhang hob sich wieder.

Es war Watervilles Vorschlag gewesen, ins Theater zu gehen. Littlemore, der stets dafür war, nichts zu tun, hatte angesichts des milden Abends vorgeschlagen, einfach an einem der Tische vor dem Grand Café ein anständiges Plätzchen am Boulevard zu suchen und zu rauchen. Doch ergötzte der zweite Akt Rupert Waterville sogar noch weniger als der erste, den er schon als beschwerlich empfunden hatte. Er begann sich zu fragen, ob sein Begleiter wohl bis zum Schluss durchhalten würde, eine sinnlose Spekulation, da Littlemores Abneigung, etwas zu tun, ihn sicherlich davon abhalten würde, das Theater wieder zu verlassen, nachdem er es einmal betreten hatte. Waterville fragte sich ferner, was sein Freund über die Dame in der Loge wusste. Er warf Littlemore einige Seitenblicke zu und stellte fest, dass dieser dem Stück keinerlei Aufmerksamkeit schenkte. Er dachte an etwas anderes, er dachte an jene Frau. Als der Vorhang wieder fiel, blieb er auf seinem Platz, ließ auf übliche Weise seine Sitznachbarn durch, die sich an ihm vorbeidrängten und seine Knie – er hatte lange Beine – mit ihren Gliedmaßen streiften. Als die beiden Männer allein in der Reihe der Sperrsitze zurückgeblieben waren, sagte Littlemore: »Ich glaube, ich würde sie trotzdem gern wiedersehen.« Er sprach, als wäre Waterville schon genauestens eingeweiht. Waterville war sich des Gegenteils bewusst, doch da es offenbar einiges in Erfahrung zu bringen gab, meinte er, ein wenig Zurückhaltung könnte nicht schaden. So verzichtete er vorerst auf Fragen, sondern sagte nur:

»Hier, bitte, nehmen Sie das Fernglas.«

Littlemore warf ihm einen gutmütigen, mitfühlenden Blick zu. »Ich will sie gewiss nicht mit diesem garstigen Ding begaffen. Ich möchte mit ihr zusammentreffen – so wie früher.«

»Erzählen Sie mir doch, wie und wo Sie sie damals trafen«, bat Waterville und verabschiedete sich von seiner Zurückhaltung.

»Auf der Hofveranda in San Diego.« Und als sein Gesprächspartner auf diese Information nur mit leerem Blick reagierte, fügte er hinzu: »Kommen Sie mit hinaus an die frische Luft, und ich erzähle Ihnen mehr.«

Sie gingen durch die niedrige schmale Tür, die eher zu einem Kaninchenstall passte als zu einem großen Theater und durch die man von den Sperrsitzen der Comédie zur Lobby gelangte, und da Littlemore voranging, bemerkte sein aufgeweckter Freund hinter ihm, dass dieser zu ebenjener Loge hinaufblickte, für deren Insassen sie sich interessierten. Die Person von größtem Interesse kehrte dem Haus den Rücken, augenscheinlich folgte sie ihrem Begleiter aus der Loge; da sie ihren Umhang jedoch nicht angelegt hatte, würde sie das Theater sicherlich nicht verlassen. Littlemores Verlangen nach frischer Luft führte ihn nicht hinaus auf die Straße; er hatte sich bei Waterville eingehängt, und als sie jene angenehm eisige Treppe erreichten, die ins Foyer führt, ging er schweigend hinauf. Der keineswegs unternehmungslustige Littlemore, so schien es seinem Freund, hatte sich endlich einen Ruck gegeben – er wollte die Dame treffen, die er eben noch so einsilbig abgeurteilt hatte. Der junge Mann verzichtete vorübergehend auf weitere Fragen, und die beiden schlenderten zusammen in den glanzvollen Salon, wo Houdons bewundernswerte Statue von Voltaire und in einem Dutzend Spiegeln deren Abbild von den Besuchern beäugt wurde, die offensichtlich weniger scharfsinnig waren als das Genie, das in den lebendigen Zügen der Bronze seinen Ausdruck fand. Waterville wusste, dass Voltaire geistreich war, er hatte *Candide* gelesen und schon öfters Gelegenheit gehabt, die Statue zu bewundern. Das Foyer war nicht überfüllt, nur ein Dutzend Grüppchen verteilten sich auf dem polierten Boden, derweil einige andere hinaus auf den Balkon gegangen waren, der über der Place du Palais-Royal aufragt. Die Fenster standen offen, die strahlenden Lichter von Paris ließen den trägen Sommerabend wie einen Jahrestag oder eine Revolution erscheinen; ein Stimmengewirr schien aus den Straßen heraufzudringen, und sogar im Foyer hörte man das gemächliche Klappern der Pferdehufe und das Rumpeln der holprig gelenkten Fiaker auf dem harten, glatten Asphalt. Eine Dame und ein Gentleman standen, den Rücken unseren Freunden zugekehrt, vor dem Bildnis Voltaires; die Dame war in Weiß gekleidet einschließlich eines weißen Huts. Littlemore spürte, was viele Menschen an diesem Ort verspüren, dass die Szenerie so vollkommen zu Paris passte, und er ließ ein rätselhaftes Lachen vernehmen.

»Es ist schon komisch, sie hier zu sehen! Das letzte Mal sah ich sie in New Mexico.«

»New Mexico?«

»In San Diego.«

»Ah, auf der Hofveranda«, schlussfolgerte Waterville. Er wusste nicht genau, wo San Diego lag, denn er hatte zwar nach seiner kürzlichen Beförderung auf einen zweitrangigen Diplomatenposten in London ausführlich die europäische

Geographie studiert, dabei aber die seines Heimatlandes vernachlässigt.

Sie hatten nicht laut gesprochen und standen auch nicht dicht bei ihr, doch die Dame in Weiß drehte sich plötzlich um, als hätte sie ihre Worte vernommen. Ihr Blick fiel zunächst auf Waterville, und er las in ihren Augen, dass sie sie nicht deshalb gehört hatte, weil sie deutlich vernehmbar gewesen wären, sondern weil die Dame eine außergewöhnliche Hellhörigkeit an den Tag legte. Er sah kein Zeichen des Wiedererkennens in ihren Augen – ebenso wenig, als sie flüchtig George Littlemore musterte. Doch kurz darauf traf es sie wie ein Blitz, begleitet von zartem Erröten, während ihr anscheinend beständiges Lächeln rasch breiter wurde. Sie hatte sich ganz umgedreht; sie stand mit einem unvermittelt freundlichen Ausdruck und leicht geöffnetem Mund da und streckte in einer fast herrischen Geste ihre Hand in einem bis zum Ellbogen reichenden Abendhandschuh aus. Sie war sogar noch hübscher als aus der Ferne. »Nanu!«, rief sie – so laut, dass sich jeder Anwesende anscheinend persönlich angesprochen fühlte. Waterville staunte; er hatte auch nach der Erwähnung der Hofveranda nicht damit gerechnet, dass sie sich als Amerikanerin herausstellte. Ihr Begleiter wandte sich um, als sie sprach, ein vitaler, schlanker junger Mann im Abendanzug. Er ließ seine Hände in den Taschen. Waterville vermutete, dass er keinesfalls Amerikaner war. Er wirkte – für einen so gut aussehenden geselligen jungen Mann – allzu ernst und bedachte Waterville und Littlemore, obwohl er nicht größer war als sie, mit einem argwöhnischen Blick von oben herab. Dann widmete er sich wieder der Voltaire-Statue, als hätte er längst geahnt, dass die Dame, der er seine Aufwartung machte, Leuten begegnen würde, die ihm unbekannt waren und die kennenzulernen er vielleicht lieber vermieden hätte. Dies mochte Littlemores Vermutung stützen, dass sie nicht ehrbar sei. Der junge Mann zumindest war es – ganz und gar.

»Was verschlägt Sie denn hierher?«, fragte die Dame.

»Ich bin schon eine Weile hier«, sagte Littlemore und machte wohlüberlegt einen Schritt auf sie zu, um ihr die Hand zu reichen. Er deutete ein Lächeln an, war aber ernster als sie; er behielt sie im Auge, als ginge eine gewisse Gefahr von ihr aus. Auf die gleiche Weise hätte sich eine gebührend zurückhaltende Person einem prachtvollen, anmutigen Tier genähert, das sich durchaus als bissig erweisen konnte.

»Hier in Paris, meinen Sie?«

»Nein, hier und da – in Europa allgemein.«

»Seltsam, dass ich Ihnen nie begegnet bin.«

»Besser spät als nie!«, erwiderte Littlemore. Sein Lächeln wirkte etwas gezwungen.

»Sie sehen ausgelassen aus«, fuhr die Dame fort.

»Sie ebenfalls – oder sehr bezaubernd, was dasselbe ist«, lachte Littlemore und wünschte sich offenkundig, wirklich entspannt zu sein. Es war, als käme sie ihm von Angesicht zu Angesicht, nachdem so viel Zeit vergangen war, imposanter vor, als er erwartet hatte, da er auf seinem Sperrsitz beschlossen hatte, hinaufzugehen und sie aufzusuchen. Während er sprach, beendete der junge Mann, der sie begleitete, seine Inspektion des Voltaire und sah sich teilnahmslos um, ohne Littlemore oder Waterville eines Blickes zu würdigen.

»Ich möchte Sie mit meinem Freund bekannt machen«, fuhr sie fort. »Sir Arthur Demesne – Mr. Littlemore. Mr. Littlemore – Sir Arthur Demesne. Sir Arthur Demesne ist Engländer – Mr. Littlemore ist ein Landsmann von mir, ein alter Freund. Ich habe ihn seit vielen Jahren nicht gesehen. Zählen wir sie lieber nicht! – Ich bin erstaunt, dass Sie mich erkannt haben«, ergänzte sie, an Littlemore gewandt. »Ich habe mich schrecklich verändert.« All dies wurde mit einer klaren, fröhlichen Stimme gesprochen, die umso vernehmlicher war, weil die Dame mit einer Art zärtlicher Langsamkeit sprach. Um ihre Worte zu würdigen, wechselten die beiden Männer schweigend einen Blick, wobei der Engländer leicht errötete. Er war sich seiner Gefährtin sehr bewusst. »Ich habe Sie erst mit wenig Leuten bekannt gemacht«, bemerkte sie.

»Oh, das macht nichts«, sagte Sir Arthur Demesne.

»Es ist seltsam, Ihnen über den Weg zu laufen!«, rief sie, Littlemore noch immer betrachtend. »Sie haben sich ebenfalls verändert, wie ich sehe.«

»Nicht, was Sie betrifft.«

»Genau das möchte ich herausfinden. Warum stellen Sie mir nicht Ihren Freund vor? Ich merke doch, dass er mich furchtbar gern kennenlernen würde!«

Littlemore ging zu dieser Förmlichkeit über, beschränkte sich aber auf das Notwendigste, indem er kurz zu Rupert Waterville hinübersah und seinen Namen murmelte.

»Sie haben ihm ja gar nicht *meinen* Namen gesagt«, rief die Dame, derweil Waterville sie höflich begrüßte. »Ich hoffe, Sie haben ihn nicht vergessen!«

Littlemore musterte sie mit einem Blick, der durchdringender gemeint war als jene, die er sich bislang gestattet hatte; in Worten hätte er gesagt: »Ja, nur welchen Namen denn?«

Sie beantwortete die unausgesprochene Frage, indem sie ihre Hand ausstreckte wie zuvor bei Littlemore. »Erfreut,

Ihre Bekanntschaft zu machen, Mr. Waterville. Ich bin Mrs. Headway – vielleicht haben Sie von mir gehört. Falls Sie je in Amerika gewesen sind, müssen Sie von mir gehört haben. Weniger in New York als in den westlichen Metropolen. Sie *sind* doch Amerikaner? Nun, dann sind wir alle Landsleute außer Sir Arthur Demesne. Darf ich Ihnen Sir Arthur vorstellen? Sir Arthur Demesne, Mr. Waterville – Mr. Waterville, Sir Arthur Demesne. Sir Arthur Demesne ist Parlamentsabgeordneter. Sieht er nicht jung aus?« Sie wartete die Antwort auf ihre Frage nicht ab, sondern stellte unvermittelt die nächste, während sie ihre Armreifen zurück über ihre langen, losen Handschuhe streifte. »Nun, Mr. Littlemore, was geht Ihnen durch den Kopf?«

Er dachte gerade, dass er ihren Namen tatsächlich vergessen hatte, denn der von ihr genannte sagte ihm nichts. Aber das konnte er ihr kaum mitteilen.

»Ich denke an San Diego.«

»Die Hofveranda im Haus meiner Schwester? Ach, nicht doch, es war grässlich. Sie ist inzwischen fortgezogen. Es sind wohl alle fortgezogen.«

Sir Arthur Demesne zückte seine Taschenuhr in der Manier eines Mannes, der an diesen häuslichen Erinnerungen keinen Anteil nehmen konnte; er schien zugleich allgemein beherrscht und zu einem gewissen Grad eigentümlich schüchtern zu sein. Er sagte etwas in der Art, dass es Zeit sei, die Plätze wieder einzunehmen, doch Mrs. Headway überging seine Bemerkung. Waterville wollte, dass sie blieb; wenn er sie ansah, fühlte er sich, als betrachte er ein bezauberndes Bild. Ihr langes Haar mit den schönen dichten Locken war von einem Schwarz, wie es heute selten geworden ist; ihr

Gesicht besaß die Frische einer weißen Blüte; ihr Profil, wenn sie den Kopf drehte, war so rein und makellos wie der Umriss einer Kamee.

»Wissen Sie, es ist das beste Theater«, sagte sie zu Waterville, als wollte sie sich leutselig geben. »Und das ist Voltaire, der berühmte Schriftsteller.«

»Ich liebe die Comédie-Française«, antwortete Waterville lächelnd.

»Ein furchtbar schlechtes Haus, wir haben kein Wort verstanden«, sagte Sir Arthur.

»Ach ja, die Logen«, murmelte Waterville.

»Ich bin ziemlich enttäuscht«, fuhr Mrs. Headway fort. »Aber ich will sehen, was aus der Frau wird.«

»Doña Clorinde? Ach, vermutlich wird sie erschossen, in französischen Stücken werden die Frauen meistens erschossen«, meinte Littlemore.

»Das wird mich an San Diego erinnern!«, rief Mrs. Headway.

»Nicht doch, in San Diego waren es die Frauen, die schossen.«

»Sie scheinen sie nicht erschossen zu haben!«, erwiderte Mrs. Headway keck.

»Nein, aber ich bin von Wunden durchlöchert.«

»Na, das ist ja äußerst bemerkenswert«, fuhr die Dame fort und wandte sich Houdons Statue zu. »Sie ist schön modelliert.«

»Sie lesen wohl Monsieur de Voltaire«, mutmaßte Littlemore.

»Nein, aber ich habe seine gesammelten Werke gekauft.«

»Das ist keine angemessene Lektüre für Damen«, sagte der junge Mann ernst und bot Mrs. Headway den Arm.

»Ach, das hätten Sie mir sagen sollen, bevor ich sie kaufte!«, rief sie mit übertriebener Bestürzung.

»Ich dachte nicht, dass Sie hundertfünfzig Bände kaufen würden.«

»Hundertfünfzig? Ich habe zwei gekauft.«

»Zwei werden Ihnen womöglich nicht schaden«, meinte Littlemore lächelnd.

Sie musterte ihn tadelnd. »Ich weiß, was Sie meinen – dass ich jetzt schon viel zu verdorben bin. Da ich nun einmal verdorben bin, müssen Sie mich auch besuchen.« Und sie rief ihm den Namen ihres Hotels zu, als sie mit ihrem Engländer fortging. Waterville sah dem Letztgenannten mit einem gewissen Interesse nach, hatte er doch in London von ihm gehört und sein Porträt in der *Vanity Fair* gesehen.

Es war noch nicht Zeit, nach unten zu gehen, obwohl der Gentleman es behauptet hatte, und Littlemore trat mit seinem Freund auf den Balkon des Foyers. »Headway – Headway? Wo zum Teufel hat sie diesen Namen her?«, fragte Littlemore, als sie in die belebte Dämmerung hinabblickten.

»Vermutlich von ihrem Mann«, schlug Waterville vor.

»Von ihrem Mann? Von welchem? Der letzte hieß Beck.«

»Wie viele hatte sie denn?«, erkundigte sich Waterville, der allzu gern erfahren wollte, warum Mrs. Headway nicht ehrbar war.

»Ich habe nicht die leiseste Ahnung. Aber es wäre nicht schwierig, es herauszufinden, weil sie wohl alle noch am Leben sind. Sie war Mrs. Beck – Nancy Beck –, als ich sie kannte.«

»Nancy Beck!«, rief Waterville entgeistert. Er dachte an ihr zartes Profil einer römischen Kaiserin. Hier blieb so einiges erklärungsbedürftig.

Littlemore gab ein paar erläuternde Worte von sich, bevor sie zu ihren Plätzen zurückkehrten, musste aber in der Tat einräumen, dass er ihre momentane Situation nicht erhellen konnte. Sie sei eine Erinnerung aus seiner Zeit im Westen, zuletzt habe er sie vor ungefähr sechs Jahren gesehen. Er habe sie gut gekannt und sei ihr an verschiedenen Orten begegnet; sie habe ihre Kreise hauptsächlich im Südwesten gezogen. Dabei blieben ihre Unternehmungen unbestimmt außer in der Hinsicht, dass sie ausschließlich gesellschaftlicher Natur gewesen wären. Angeblich hatte sie einen Mann gehabt, einen Philadelphus Beck, Herausgeber einer demokratischen Zeitung, des *Dakota Sentinel*; Littlemore hatte den Gatten jedoch nie gesehen – das Paar lebte getrennt –, und in San Diego hatte der Eindruck geherrscht, die Ehe von Mr. und Mrs. Beck sei am Ende. Er erinnerte sich nun, später von ihrer Scheidung gehört zu haben. Sie sei leicht mit Scheidungen durchgekommen, da sie vor Gericht so einnehmend wirke. Sie sei schon ein- oder zweimal damit durchgekommen bei Männern, deren Namen ihm entfallen seien, und gerüchtehalber seien auch diese Fälle nicht die ersten gewesen. Sie sei wieder und wieder geschieden gewesen! Als er sie zum ersten Mal in Kalifornien traf, habe sie sich Mrs. Grenville genannt, und man hätte ihm gegenüber angedeutet, dass dieser Name nicht durch Heirat erworben, sondern der ihrer Eltern war, nachdem eine unglückliche Beziehung in die Brüche gegangen war. Sie hätte diese Erlebnisse hinter sich – ihre Beziehungen wären allesamt glücklos verlaufen – und ein halbes Dutzend Namen obendrein. Sie sei eine bezaubernde Frau gewesen, insbesondere für New Mexico, aber zu oft geschieden, was die Leichtgläubigkeit ihrer Mitmenschen auf eine harte Probe stellte; wahrscheinlich habe sie mehr Ehemänner abgewiesen als geheiratet.

In San Diego hätte sie bei ihrer Schwester gewohnt, deren jetziger Gatte (auch sie hatte eine Scheidung hinter sich) als wichtigster Mann der Stadt eine Bank leitete (mit Hilfe des Revolvers) und Nancy während ihrer ehelosen Zeiten immer ein Dach über dem Kopf bot. Nancy hatte jung begonnen, sie musste inzwischen siebenunddreißig sein. Das sei alles, was er meine, wenn er sie als nicht ehrbar bezeichne. Die Chronologie war ein ziemliches Durcheinander; zumindest hatte ihm ihre Schwester einmal erzählt, dass sie eines Winters selbst nicht mehr gewusst hätte, *wer* gerade Nancys Mann sei. Sie habe es hauptsächlich auf Redakteure abgesehen gehabt – sie schätzte den Beruf des Journalisten. Alle müssen furchtbare Rüpel gewesen sein, denn ihre eigene Liebenswürdigkeit stehe außer Frage. Man wusste nur zu gut, dass alles, was sie getan habe, reiner Selbstschutz gewesen sei. Kurzum, sie habe gewisse Dinge getan, das sei des Pudels Kern! Sie sei sehr hübsch, gutmütig und gescheit und so ziemlich die beste Gesellschaft in jenen Breiten – ein echtes Kind des fernen Westens, eine Blume der Pazifikküste, ungebildet, keck, grob, aber voller Schneid und Feuer, ausgestattet mit natürlicher Intelligenz und einem sprunghaften, willkürlichen guten Geschmack. Sie hatte immer gesagt, sie wolle nur eine Chance bekommen – offensichtlich hatte sie eine gefunden. Es gab eine Zeit, da hätte er nicht gewusst, wie er ohne sie im Leben hätte zurechtkommen sollen. Er betrieb eine Rinderfarm, zu der San Diego die nächstgelegene Stadt war, und er ritt damals hin, um sie zu besuchen. Manchmal blieb er eine Woche dort, während deren er sie jeden Abend besuchte. Es sei schrecklich heiß gewesen, sie hätten auf der hinteren Veranda gesessen. Sie sei immer genauso attraktiv und fast ebenso gut gekleidet gewesen wie jetzt, als sie beide sie getroffen hatten. Was ihr Aussehen angehe, hätte sie binnen einer Stunde von jener staubigen alten Ansiedlung in die Stadt an der Seine versetzt werden können.

»Einige dieser Frauen aus dem Westen sind großartig«, sagte Littlemore. »Sie brauchen nur eine Chance wie sie.«

Er sei nicht in sie verliebt gewesen – zwischen ihnen habe es dergleichen nie gegeben. Es hätte natürlich sein können, aber es sei einfach nie dazu gekommen. Headway sei offenkundig Becks Nachfolger, vielleicht habe es zwischendurch auch noch andere gegeben. Sie habe keiner »Gesellschaft« angehört und nur einen lokalen Ruf genossen (die Zeitungen – die anderen Redakteure, mit denen sie nicht verheiratet war – hätten sie »die elegante und kultivierte Mrs. Beck« genannt), obschon »lokal« in dieser ausgedehnten Zivilisation ein sehr großes Gebiet umspannt. Vom Osten habe sie keine Ahnung gehabt und sei, soviel er wusste, damals noch nie in New York gewesen. In diesen sechs Jahren hätte allerdings einiges geschehen können, sie habe ohne Zweifel »Karriere« gemacht. Der Westen ließ uns alles zukommen (aus Littlemore sprach der New Yorker), zweifellos werde er uns schließlich unsere brillanten Frauen schicken. Diese kleine Frau habe freilich größere Ambitionen als New York gehabt; sogar damals habe sie an Paris gedacht und das auch gesagt, obwohl die Stadt für sie unerreichbar schien; auf diese Weise sei sie in New Mexico herumgekommen. Sie habe ihren Ehrgeiz, ihre Ahnungen gehabt; sie habe gewusst, dass sie für Höheres bestimmt sei. Bereits in San Diego habe sie sich ihren Sir Arthur ausgemalt; hin und wieder sei ein umherstreifender Engländer in ihren Bannkreis geraten, nicht allesamt Baronets und Parlamentsabgeordnete, aber für gewöhnlich eine willkommene Abwechslung von den Zeitungsleuten. Er sei neugierig, was sie mit ihrem jüngsten Fang anstellen werde. Sie machte ihn sicherlich glücklich – falls er zu diesem Gefühl überhaupt fähig sei, wovon man nicht ohne weiteres ausgehen könne. Sie sehe ungemein prächtig aus; Headway habe wahrscheinlich eine stattliche Summe angehäuft, eine Leistung, die keine der anderen erreicht habe. Sie sei nicht käuflich – er sei sicher, dass sie nicht käuflich gewesen sei.

Auf dem Rückweg zu ihren Plätzen begann Littlemore, der in heiterem Ton gesprochen hatte, wenn auch mit einer Prise Nachdenklichkeit, die unweigerlich mit dem Schwelgen in Erinnerungen einhergeht, laut zu lachen.

»Das Modellieren einer Statue und die Werke Voltaires!«, rief er in Anspielung auf ihre Bemerkungen. »Es ist komisch, wenn sie versucht, sich zu solchen Höhenflügen aufzuschwingen, denn in New Mexico wusste sie nichts über Modellierung.«

»Sie kam mir nicht affektiert vor«, erwiderte Waterville, der einen vagen Impuls spürte, sie zu verteidigen.

»Ach nein, sie hat sich nur – wie sie sagt – schrecklich verändert.«

Sie saßen wieder auf ihren Plätzen, bevor das Stück weiterging, und beide warfen einen Blick auf Mrs. Headways Loge. Sie lehnte sich zurück, bewegte gemächlich ihren Fächer und beobachtete offensichtlich Littlemore, als hätte sie auf ihn gewartet. Sir Arthur Demesne saß neben ihr, wirkte recht trübsinnig, und sein rundes rosafarbenes Kinn wurde von einem hohen weißen Kragen gestützt. Weder er noch seine Begleiterin schienen zu sprechen.

»Sind Sie sicher, dass sie ihn glücklich macht?«, fragte Waterville.

»Ja, Menschen seines Schlags zeigen das auf diese Weise.«

»Aber geht sie denn allein mit ihm aus? Wo ist ihr Mann?«

»Sie hat sich wohl von ihm scheiden lassen.«

»Und jetzt will sie den Baronet heiraten?«, fragte Waterville, als wäre sein Freund allwissend.

Littlemore genoss es, vorübergehend so zu erscheinen. »Ich schätze, er will sie heiraten.«

»Um dann wie die anderen geschieden zu werden?«

»Aber nein, diesmal hat sie bekommen, was sie wollte«, sagte Littlemore, als sich der Vorhang öffnete.

Er ließ drei Tage schmerzhaft verstreichen, bevor er das Hôtel Meurice aufsuchte, das sie ihm als ihr Domizil genannt hatte, und wir wollen diese Unterbrechung nutzen, der Geschichte, die wir von ihm erfahren haben, einige Worte hinzufügen. George Littlemores Aufenthalt im fernen Westen war von der gewöhnlichen provisorischen Natur gewesen – er war dorthin aufgebrochen, um seine Taschen wieder aufzufüllen, die der jugendliche Leichtsinn geleert hatte. Seine ersten Unternehmungen scheiterten; die Tage zogen ins Land, derweil ein junger Mann ein Vermögen hätte verdienen können, von dem man doch annehmen sollte, er habe von seinem ehrenwerten, kürzlich verstorbenen Vater jene Talente geerbt, die der ältere Mr. Littlemore vornehmlich zum Teehandel genutzt hatte und denen er die Möglichkeit verdankte, seinen Sohn gut versorgt zurückzulassen. Littlemore hatte sein Erbe vergeudet, und er brauchte ziemlich lange, um seine Talente zu entdecken, die hauptsächlich in der Fähigkeit bestanden, unbegrenzt zu rauchen und Pferde zuzureiten, und allem Anschein nach nicht in die Richtung von Berufen wiesen, die gemeinhin als einträglich bezeichnet werden. Man hatte ihn nach Harvard geschickt, um seine Begabungen zu kultivieren, doch sie entwickelten sich auf eine Weise, die strenge Maßnahmen notwendiger machten als Anreize – strenge Maßnahmen, die aus einem gelegentlichen Ausflug zu einem der hübschen Dörfer im Tal von Connecticut bestanden. Die Zurückgezogenheit auf dem Land rettete ihn wohl in dem Sinne, dass sie ihn von der Universität fernhielt und seine Ambitionen zerstörte, die töricht gewesen waren. Mit dreißig hatte Littlemore noch keine der nützlichen Künste erlernt, es sei denn, man lässt die Gleichgültigkeit als große Kunst gelten. Eine Glückssträhne riss ihn aus seiner Gleichgültigkeit. Um einem Freund zu helfen, der noch dringender Geld brauchte als er selbst, hatte er für eine kleine Summe (die er beim Poker gewonnen hatte) einen Anteil an einer Silbermine gekauft, deren Eigentümer mit ungewöhnlicher Offenheit eingeräumt hatte, dass dort kein Metall mehr zu finden sei. Littlemore inspizierte die Mine und sah die Annahme bestätigt, die jedoch ungefähr zwei Jahre später widerlegt wurde, als bei einem der anderen Teilhaber eine plötzliche Neugier erwachte. Dieser Gentleman, überzeugt, dass eine Silbermine ohne Silber so selten sei wie eine Wirkung ohne Ursache, entdeckte das Glitzern des wertvollen Rohstoffs tief in der grundlegenden Logik. Littlemore kam die Entdeckung gerade recht, und sie begründete ein Vermögen, das er während etlicher trostloser Jahre und in manch rauer Gegend immer wieder verzweifelt gesucht hatte und das ein

Mann, der nie besonders zielstrebig gewesen war, womöglich gar nicht verdiente. Die Dame, die derzeit im Hôtel Meurice logierte, hatte er vor seinem Erfolg kennengelernt. Inzwischen besaß er den Hauptanteil an der Mine, die sich weiterhin als verblüffend ergiebig erwies und die es ihm unter anderem erlaubt hatte, in Montana eine Rinderfarm zu erwerben, die schöner und größer war als die staubigen Morgen bei San Diego. Rinderfarmen und Minen verleihen ein Gefühl von Sicherheit, und das Bewusstsein, keine seiner Einnahmequellen allzu sorgenvoll im Auge behalten zu müssen (eine Pflicht, die einem Mann seines Charakters alles verdirbt), ergänzte nun seine gewöhnliche Gelassenheit. Nicht, dass jene Gelassenheit nie gründlich auf die Probe gestellt worden wäre. Um nur ein Beispiel, das wichtigste, zu nennen: Er hatte seine Frau nach nur einem Ehejahr verloren, rund drei Jahre vor der Begegnung in Paris, mit der unsere Geschichte begann. Er war älter als vierzig gewesen, als er ein junges Mädchen von dreiundzwanzig traf und ihr den Hof machte, und beide hatten mit einer langen Reihe glücklicher Jahre gerechnet. Sie hinterließ ihm eine kleine Tochter, die der Obhut seiner einzigen Schwester anvertraut wurde, die einen englischen Gutsherrn geheiratet hatte und auf einem öden Anwesen in Hampshire residierte. Jene Dame, Mrs. Dolphin, hatte sich ihren Gutsbesitzer geangelt, als der durch Amerika gereist war, um sich ein Bild von den Institutionen der Vereinigten Staaten zu machen. Die Institution, die Mr. Dolphin am besten gefiel, waren die hübschen Mädchen der größeren Städte, und er kehrte ein oder zwei Jahre später nach New York zurück, um Miss Littlemore zu heiraten, die im Gegensatz zu ihrem Bruder ihr Erbe nicht verprasst hatte.

Ihre Schwägerin, die viele Jahre später geheiratet hatte und zu diesem Anlass nach Europa gereist kam, war in London – wo, so bildete sie sich ein, die Ärzte unfehlbar seien – eine Woche nach der Geburt ihres kleinen Mädchens gestorben, und der arme Littlemore verzichtete zwar vorübergehend auf sein Kind, blieb aber in diesen enttäuschenden Ländern, um in Rufweite der in Hampshire stehenden Wiege zu sein. Er war ein recht ansehnlicher Mann, insbesondere seit sein Haar und sein Schnurrbart weiß geworden waren. Groß und stark, mit guter Figur und schlechter Haltung, wirkte er tüchtig, aber träge, und man schrieb ihm für gewöhnlich eine Wichtigkeit zu, deren er sich keineswegs bewusst war. Sein Blick war scharf und zugleich ruhig, sein Lächeln matt und zögerlich, aber ausgesprochen herzlich. Derzeit bestand seine hauptsächliche Beschäftigung darin, nichts zu tun, und er widmete sich ihr mit einer fast künstlerischen Perfektion. Um diese Eigenschaft beneidete ihn Rupert Waterville regelrecht, der zehn Jahre jünger war und zu viele ehrgeizige Ziele und Sorgen hatte – keine davon war für sich genommen besonders wichtig, doch zusammen bildeten sie einen beträchtlichen Plagegeist –, um auf Inspiration warten zu können, was er für ein bedeutendes Ziel hielt, das er eines Tages zu erreichen hoffte; es machte einen Mann so unabhängig; alles, was er dafür brauchte, trug er in sich. Littlemore konnte einen ganzen Abend dasitzen, ohne zu sprechen oder sich zu bewegen, seine Zigarren rauchen und geistesabwesend seine Fingernägel betrachten. Da jedermann wusste, dass er ein guter Kerl war, der sein Vermögen gemacht hatte, mochte man dieses trübsinnige Verhalten nicht mit Stumpfsinn oder Griesgrämigkeit erklären. Es schien auf einen Schatz an Erinnerungen hinzuweisen, eine Lebenserfahrung, die ihm Hunderte Dinge eingebracht hatte, über die man nachdenken konnte. Waterville spürte, dass auch er, wenn er die gegenwärtigen Jahre gut nutzen und aufmerksam nach Erfahrungen Ausschau halten würde, mit fünfundvierzig Zeit dafür hätte, seine Fingernägel zu betrachten. Er stellte sich vor, dass solche Grübeleien – natürlich nicht in ihrer wortwörtlichen, sondern in ihrer symbolischen Intensität – einen Mann von Welt kennzeichneten. Er, der seine Rechnung wohl ohne ein undankbares Außenministerium machte, bildete sich zudem ein, er hätte eine diplomatische Karriere begonnen. Waterville war der nachrangige der zwei Botschaftsräte, die das Personal der amerikanischen Gesandtschaft in London so aufgebläht hatten, und genoss gerade seinen Jahresurlaub. Es stand einem Diplomaten gut zu Gesicht, unergründlich zu sein, und obwohl er im großen Ganzen Littlemore keineswegs zu seinem Vorbild erkoren hatte – da gab es viel bessere im Londoner diplomatischen Corps –, kam er ihm doch unergründlich vor, als er eines Abends auf die Frage, was er gerne unternehmen würde, antwortete, er würde am liebsten gar nichts tun und sich für unbegrenzte Zeit an einen Tisch vor dem Grand Café auf dem Boulevard de la Madeleine setzen (er liebte Kaffeehäuser über alles) und eine *demitasse* nach der anderen bestellen. Littlemore machte sich auch wenig daraus, ins Theater zu gehen, und der Besuch der Comédie-Française, den wir eben beschrieben haben, wurde lediglich auf Watervilles Drängen hin unternommen. Er war ein paar Abende zuvor in *Le Demi-Monde* gewesen, und man hatte ihm erzählt, dass ihm *L'Aventurière* eine besondere Bearbeitung desselben Themas bieten würde – die Strafe, die man skrupellosen Frauen zuteilwerden lässt, die sich in ehrenwerte Familien einschleichen. Ihm schien, in beiden Fällen hätten die Damen ihr Los verdient, doch wünschte er, dass dieses Ziel mit weniger Lügen auf Seiten der Repräsentanten der Ehrbarkeit erreicht worden wäre. Littlemore und er waren zwar keine engen, aber gute Freunde und verbrachten viel Zeit miteinander. Wie sich herausstellte, war Littlemore sehr froh, ins Theater gegangen zu sein, entdeckte er doch hier sein großes Interesse an dieser neuen Inkarnation von Nancy Beck.

# 2

Dass er seinen Besuch ein wenig hinauszögerte, geschah aus Berechnung und hatte mehr Gründe, als man an dieser Stelle erwähnen muss. Als Littlemore schließlich vorsprach, traf er Mrs. Headway an, und er war nicht überrascht, Sir Arthur Demesne in ihrem Salon vorzufinden. Es lag etwas in der Luft, das anzudeuten schien, jener Gentleman weile bereits seit längerem hier. Littlemore hielt es für wahrscheinlich, dass er sich unter den gegebenen Umständen bald verabschieden würde; er musste von ihrer Gastgeberin erfahren haben, dass Littlemore ein alter und vertrauter Freund war. Freilich hätte er bestimmte Rechte geltend machen können – er sah ganz danach aus –, doch je bestimmter sie waren, desto huldvoller konnte er es sich leisten, von ihnen abzusehen. Littlemore gingen diese Überlegungen durch den Kopf, derweil Sir Arthur Demesne dasaß, ihn musterte und keinerlei Anstalten machte aufzubrechen. Mrs. Headway war ausgesprochen freundlich – sie verhielt sich stets so, als kenne sie ihren Gast schon seit hundert Jahren; sie tadelte Littlemore übertrieben dafür, dass er sie nicht schon früher besucht hatte, doch war das nur Ausdruck ihrer Güte. Bei Tageslicht wirkte sie etwas blass, doch besaß sie eine Ausdruckskraft, die nie verblassen konnte. Sie bewohnte die besten Zimmer des Hotels und verbreitete eine Atmosphäre von enormem Überfluss und Reichtum; ihr Cicerone saß im Vorzimmer, und sie wusste offenkundig, wie man lebt. Sie bemühte sich zwar, Sir Arthur in das Gespräch einzubeziehen, doch der junge Mann, der an Ort und Stelle verharrte, weigerte sich, einbezogen zu werden. Er lächelte schweigend, doch fühlte er sich offensichtlich unbehaglich. So blieb die Konversation oberflächlich – eine Eigenschaft, die bei früheren Gesprächen zwischen Mrs. Headway und ihren Freunden gewiss nicht vorgekommen war. Der Engländer musterte Littlemore mit einer seltsam verstockten Miene, die dieser, der sich insgeheim prächtig amüsierte, anfangs als Eifersucht deutete.

»Mein lieber Sir Arthur, ich bitte Sie nachdrücklich, jetzt zu gehen«, bemerkte sie nach einer Viertelstunde.

Sir Arthur erhob sich und nahm seinen Hut. »Ich dachte, ich erweise Ihnen einen Dienst, wenn ich bleibe.«

»Um mich vor Mr. Littlemore zu beschützen? Ich kenne ihn, seit ich ein kleines Kind war – ich weiß um das Schlimmste, zu dem er fähig ist.« Sie richtete ihr bezauberndes Lächeln einen Moment auf ihren sich entfernenden Besucher und fügte völlig unerwartet hinzu: »Ich möchte mich mit ihm über meine Vergangenheit unterhalten!«

»Genau, was ich zu hören beabsichtige«, sagte Sir Arthur, die Hand am Türknauf.

»Wir werden uns auf Amerikanisch unterhalten, Sie würden uns nicht verstehen! … Er bevorzugt Englisch«, erläuterte sie knapp, wie es ihre Art war, bevor der Baronet, der ankündigte, abends auf jeden Fall erneut vorzusprechen, die Tür hinter sich schloss.

»Er weiß nichts über Ihre Vergangenheit?«, fragte Littlemore, bemüht, nicht impertinent zu klingen.

»Aber ja, ich habe ihm alles erzählt, nur kann er sich keinen Reim darauf machen. Die Engländer sind so speziell, ich halte sie für ziemlich einfältig. Er hat noch nie von einer Frau gehört, die …« An dieser Stelle aber hielt sich Mrs. Headway zurück, während Littlemore den Satz im Stillen ergänzte.

»Worüber lachen Sie? Sei's drum«, fuhr sie fort. »Es gibt Dinge auf der Welt, von denen diese Leute noch nie etwas gehört haben. Ich kann sie trotzdem gut leiden, zumindest schätze ich ihn. Er ist solch ein Gentleman, verstehen Sie, was ich meine? Nur bleibt er immer zu lang und ist wenig amüsant. Ich bin heilfroh, zur Abwechslung Sie hier zu haben.«

»Wollen Sie damit sagen, ich sei kein Gentleman?«, fragte Littlemore.

»Keinesfalls, damals in New Mexico waren Sie einer. Ich glaube, Sie waren der einzige – und ich hoffe, Sie sind noch immer einer. Deshalb habe ich mich an jenem Abend zu erkennen gegeben, ich hätte Sie auch ignorieren können, wissen Sie.«

»Das können Sie nach wie vor, wenn es Ihnen beliebt. Es ist nicht zu spät.«

»Aber nein, gewiss nicht. Ich möchte Sie um Ihre Hilfe bitten.«

»Mich um Hilfe bitten?«

Mrs. Headway starrte einen Moment lang Richtung Tür. »Was meinen Sie, könnte dieser Mann immer noch da sein?«

»Der junge Mann – Ihr armer Engländer?«

»Nein, ich meine Max. Max ist mein Cicerone«, sagte Mrs. Headway mit einer gewissen Grandeur.

»Da bin ich überfragt. Ich sehe nach, wenn Sie wollen.«

»Nein, dann müsste ich ihm einen Auftrag erteilen, und ich weiß beim besten Willen nicht, wonach ich ihn schicken sollte. Er sitzt stundenlang da. Mit meinen schlichten Gewohnheiten habe ich nichts zu tun für ihn. Ich fürchte, es fehlt mir an Phantasie.«

»Die Bürde des vornehmen Lebens«, sagte Littlemore.

»O ja, ich bin überaus vornehm. Aber im Großen und Ganzen mag ich es. Ich fürchte nur, er könnte lauschen. Ich rede immer so laut; das ist auch etwas, was ich zu überwinden versuche.«

»Warum wollen Sie anders sein?«

»Nun, weil alles andere auch anders ist«, erwiderte Mrs. Headway mit einem kleinen Seufzer. »Haben Sie gehört, dass ich meinen Mann verloren habe?«, platzte sie heraus.

»Sie sprechen von … äh … Mr. …?«, und Littlemore schwieg vielsagend, doch seine Ironie schien bei ihr nicht anzukommen.

»Ich spreche von Mr. Headway«, sagte sie würdevoll. »Ich habe einiges erlebt, seit Sie mich das letzte Mal sahen: Heirat und Tod und Ärger und alles Mögliche.«

»Sie hatten auch vorher schon allerhand Ehen hinter sich«, wagte Littlemore zu bemerken.

Ihr sanft strahlender Blick ruhte auf ihm, und sie errötete nicht. »So viele auch wieder nicht – nicht so viele …«

»Nicht so viele, wie man meinen könnte.«

»Nicht so viele, wie die Leute behaupten. Ich weiß nicht mehr, ob ich verheiratet war, als ich Sie das letzte Mal traf.«

»Gerüchtehalber«, sagte Littlemore. »Aber Mr. Beck habe ich nie kennengelernt.«

»Sie haben nicht viel versäumt, er war schlicht und einfach ein *Mistkerl*. Ich habe in meinem Leben Dinge getan, die ich selbst nicht verstehe; kein Wunder, dass andere sie nicht verstehen können. Aber das alles ist nun vorbei! Sind Sie sicher, dass Max uns nicht hört?«, fragte sie rasch.

»Sicher bin ich mir keineswegs. Aber wenn Sie ihn verdächtigen, an der Tür zu lauschen, schicke ich ihn fort.«

»Ich glaube nicht, dass er das tut. Ich bin immer so schnell bei der Tür.«

»Dann lauscht er nicht. Ich ahnte ja nicht, dass Sie so viele Geheimnisse haben. Als ich mich von Ihnen verabschiedete, war Mr. Headway Zukunft.«

»Jetzt ist er Vergangenheit. Er war ein freundlicher Mann – ich kann verstehen, warum ich mich mit ihm eingelassen habe. Aber er lebte nur noch ein Jahr. Er hatte es mit dem Herzen, Neuralgie, er hat mir ein Vermögen vererbt.« Sie erwähnte die verschiedenen Fakten, als gehörten sie in dieselbe Kategorie.

»Freut mich, das zu hören, Ihr Geschmack war damals recht kostspielig.«

»Ich habe jede Menge Geld«, sagte Mrs. Headway. »Mr. Headway besaß Grundstücke in Denver, deren Wert enorm gestiegen ist. Nachdem er gestorben war, versuchte ich es in New York. Aber New York gefällt mir nicht.« Littlemores Gastgeberin sprach den letzten Satz in einem Ton, der ihr dortiges Gesellschaftsleben als unbedeutendes Intermezzo zusammenfasste. »Ich möchte in Europa leben – Europa gefällt mir«, verkündete sie, und die Art, wie sie es verkündete, hatte etwas Prophetisches, ebenso wie ihre vorherigen Worte ein historisches Echo hatten.

Littlemore war von alldem äußerst erstaunt, und Mrs. Headway amüsierte ihn trefflich. »Reisen Sie mit dem jungen Mann?«, erkundigte er sich mit der Gelassenheit eines Menschen, der sein Amüsement voll auszukosten gedenkt.

Sie verschränkte die Arme, als sie sich in ihrem Stuhl zurücklehnte. »Sehen Sie, Mr. Littlemore«, sagte sie, »ich bin ungefähr so gutmütig wie damals in Amerika, aber ich weiß jetzt wesentlich mehr. Natürlich reise ich nicht mit dem jungen Mann, er ist nur ein Freund.«

»Kein Liebhaber?«, fragte Littlemore ziemlich herzlos.

»Reisen die Leute mit ihren Liebhabern? Lachen Sie nicht über mich – ich möchte, dass Sie mir helfen.« Sie musterte ihn mit einem Ausdruck zärtlichen Tadels, der ihn hätte rühren können, sie wirkte so sanft und vernünftig. »Wie ich schon sagte, habe ich dieses alte Europa fest ins Herz geschlossen; mir ist, als sollte ich nie wieder zurückkehren. Aber ich möchte am Gesellschaftsleben teilhaben. Ich denke, es würde mir gefallen, wenn … man mir ein paar Türen öffnete. Mr. Littlemore«, schloss sie kurz darauf, »ich kann es ebenso gut offen sagen, denn ich schäme mich nicht im Geringsten. Ich möchte in die vornehme Gesellschaft eingeführt werden. Das ist mein Ziel!«

Littlemore machte es sich auf seinem Stuhl bequem wie ein Mann, der eine günstige Position einnimmt, um beim Tauziehen Kraft zu sparen. Er sprach jedoch in einem leicht scherzhaften, fast ermutigenden Ton, als er ihre Worte wiederholte: »In die vornehme Gesellschaft? Mir scheint, Sie sind dort bereits angekommen, mit Baronets als Verehrern.«

»Genau das will ich wissen!«, sagte sie mit einem gewissen Eifer. »Zählt ein Baronet viel?«

»Er würde sagen, ja. Aber ich weiß nur wenig darüber.«

»Verkehren Sie nicht selbst in der Gesellschaft?«

»Ich? Nie und nimmer! Wie kommen Sie darauf? Die Gesellschaft schert mich nicht mehr als eine Ausgabe des *Figaro*.«

Mrs. Headways Miene nahm vorübergehend einen tiefenttäuschten Ausdruck an, und Littlemore begriff, dass sie aufgrund seiner Silbermine, seiner Rinderfarm und weil er in Europa lebte, gehofft hatte, er verkehre in mondänen Kreisen. Doch sie gewann ihre Fassung rasch zurück. »Ich glaube Ihnen kein Wort. Sie wissen, dass Sie ein Gentleman sind – ob Sie wollen oder nicht.«

»Vielleicht bin ich ein Gentleman, aber mir sind keine Gewohnheiten eines solchen zu eigen.« Littlemore zögerte kurz und fügte dann hinzu: »Ich habe zu lange im weiten Südwesten gelebt.«

Sie errötete prompt; sie verstand sofort – verstand sogar mehr, als er hatte sagen wollen. Doch sie wollte, dass er von Nutzen für sie war, und daher war es umso wichtiger, nachsichtig zu erscheinen – insbesondere da es ihr ein besseres Gefühl verschaffte, als wenn sie ihn wegen ein paar grober Worte abstrafen würde. Sie konnte es sich durchaus erlauben, leicht ironisch zu sein. »Das macht keinen Unterschied – ein Gentleman bleibt ein Gentleman.«

»Nicht immer«, sagte Littlemore lachend.

»Es ist undenkbar, dass Sie durch Ihre Schwester nichts über die europäische Gesellschaft wissen«, sagte Mrs. Headway.

Bei der Erwähnung seiner Schwester, die mit einer betonten Beiläufigkeit, wie er deutlich heraushörte, ins Spiel gebracht worden war, konnte Littlemore seine Verblüffung nicht verbergen. Was um Himmels willen haben Sie mit meiner Schwester zu schaffen?, hätte er am liebsten erwidert. Die Anspielung auf ihre Person war ihm nicht recht; sie gehörte in eine andere Kategorie, und es stand außer Frage, dass Mrs. Headway sie je würde kennenlernen – falls es das Ziel war, dem jene Dame, wie sie es ausdrücken würde, »nachjagte«. Er aber schützte eine Nebensache vor: »Was stellen Sie sich unter europäischer Gesellschaft vor? Darüber kann man nicht sprechen. Es ist ein ausgesprochen nebulöser Begriff.«

»Nun, ich meine die englische Gesellschaft, ich meine die Gesellschaft, in der Ihre Schwester verkehrt – das ist es, was ich meine«, sagte Mrs. Headway, die darauf vorbereitet war, sich klar auszudrücken. »Ich meine die Menschen, die ich letzten Mai in London getroffen habe, denen ich in der Oper und im Park begegnet bin, die im Salon der Königin ein und aus gehen. Als ich in London weilte, wohnte ich in jenem Eckhotel am Piccadilly – das direkt auf die St. James's Street hinausgeht –, und ich brachte Stunden am Fenster zu, um die Leute in den Kutschen zu beobachten. Ich hatte eine eigene Kutsche, und wenn ich nicht gerade am Fenster stand, fuhr ich durch die ganze Stadt. Ich war allein; ich sah jeden, aber ich kannte keinen – ich hatte niemanden, der mich einführte. Damals kannte ich Sir Arthur Demesne noch nicht – ich habe ihn erst vor einem Monat in Bad Homburg kennengelernt. Er folgte mir nach Paris – so wurde er mein Gast.« Mrs. Headway machte die letzte Bemerkung heiter, nüchtern, ohne den mindesten Anflug von Eitelkeit; als wäre sie es gewöhnt, dass man ihr folgte, oder als ob ein Gentleman, den man in Bad Homburg trifft, einem unweigerlich folgen würde. Sie fuhr im selben Ton fort: »Ich erregte in London jede Menge Aufmerksamkeit – das konnte ich leicht erkennen.«

»Sie tun das, wo immer Sie erscheinen«, sagte Littlemore und hielt es eigentlich für untertrieben.

»Ich wünsche nicht so viel Aufmerksamkeit, ich halte sie für vulgär«, erwiderte Mrs. Headway mit einer gewissen Sanftheit und Süße, die die Freude an einer neuen Idee zu unterstreichen schienen. Sie war erkennbar offen für neue Ideen.

»An jenem Abend im Theater waren alle Blicke auf Sie gerichtet«, fuhr Littlemore fort. »Wie können Sie hoffen, unbemerkt zu bleiben?«

»Ich will nicht unbemerkt bleiben – man hat mich immer angesehen und wird es wohl weiterhin tun. Doch es gibt viele Arten, angesehen zu werden, und ich weiß, welche ich bevorzuge. Ich beabsichtige, sie auch zu bekommen!«, rief Mrs. Headway. Ja, sie war sehr bestimmt.

Littlemore saß da, ihr unmittelbar gegenüber, und eine Zeitlang sagte er nichts. Er hatte gemischte Gefühle, und ihn beschlich die Erinnerung an andere Orte, andere Stunden. Seit jeher hatte zwischen ihnen eine erstaunliche Abwesenheit seelischer Trennwände geherrscht – er kannte sie so gut, wie nur die Menschen im weiten Südwesten einander kannten. Er hatte sie außerordentlich geschätzt in einer Stadt, in der es lächerlich gewesen wäre, wählerisch zu sein. Doch sein Gespür für diese Tatsache war irgendwie mit den Umständen im Südwesten verknüpft; seine Vorliebe für Nancy Beck war ein Gefühl, für das eine Hofveranda die angemessene Bühne war. Hier präsentierte sie sich auf einer neuen Grundlage – sie schien den Wunsch zu hegen, neu bewertet zu werden. Littlemore sagte sich, dass dies zu viel Ärger bedeuten würde; er hatte sie auf eine Weise akzeptiert – er konnte zu dieser Stunde schwerlich damit beginnen, sie auf andere Weise zu akzeptieren. Er fragte sich, ob sie eine Langweilerin werden würde. Sich Mrs. Headway in dieser anstößigen Verwandlung vorzustellen war nicht leicht, aber vielleicht würde sie seine Nerven strapazieren, wenn sie darauf beharrte, anders sein zu wollen. Es jagte ihm eher Angst ein, als sie von der europäischen Gesellschaft, von seiner Schwester, über das, was nicht alles vulgär sei, zu reden begann. Littlemore war gutmütig und besaß zumindest die durchschnittliche menschliche Liebe zur Gerechtigkeit, doch in seinen Wesenszügen gab es eine Spur Trägheit, etwas Skeptisches, vielleicht sogar Rohes, das ihn wünschen ließ, die frühere Schlichtheit ihrer Umgangsformen beizubehalten. Er sehnte sich nicht wirklich danach, den erneuten Aufstieg einer Frau, wie man den mystischen Prozess nannte, zu beobachten; er glaubte nicht daran, dass Frauen erneut aufstiegen. Er glaubte daran, dass sie nicht untergingen; hielt es für vollkommen denkbar und extrem wünschenswert, meinte jedoch, dass es viel besser für die Gesellschaft wäre, wenn sie nicht das versuchten, was die Franzosen *mêler les genres* nennen. Im Allgemeinen wollte er nicht zu wissen vorgeben, was gut für die Gesellschaft war – ihm kam es so vor, als bewegte sich die Gesellschaft eher auf dem Pfad der Untugend, doch von diesem einen Punkt war er überzeugt: Wenn sich Nancy Beck daranmachte, die dicksten Fische zu angeln, dann wäre das Spektakel vielleicht ganz amüsant für einen unbedarften Zuschauer, für ihn jedoch wäre es eine Plage, ein Ärgernis von dem Moment an, da man mehr von ihm erwartete, als das Ganze nur zu betrachten. Er wollte nicht grob sein, doch wäre es vielleicht angebracht, ihr klarzumachen, dass er sich nicht für dumm verkaufen lassen würde.

»Wenn Sie etwas wollen, bekommen Sie es auch«, antwortete er auf ihre letzte Bemerkung. »Sie haben noch immer bekommen, was Sie wollten.«

»Diesmal will ich aber etwas Neues. Wohnt Ihre Schwester in London?«

»Meine Liebe, was wissen Sie über meine Schwester?«, fragte Littlemore. »Sie ist keine Frau nach Ihrem Geschmack.«

Mrs. Headway schwieg einen Moment. »Sie respektieren mich nicht!«, rief sie plötzlich mit lauter, fast fröhlicher Stimme. Falls Littlemore, wie gesagt, wünschte, die frühere Schlichtheit ihrer Umgangsformen beizubehalten, war sie offenbar bereit, ihm seinen Willen zu lassen.

»Ach, meine liebe Mrs. Beck …!«, rief er nichtssagend, protestierend und eher zufällig ihren alten Namen benutzend. In San Diego hatte er nie darüber nachgedacht, ob er sie respektierte oder nicht, die Frage stellte sich nicht.

»Das ist der Beweis – dass Sie mich mit diesem verhassten Namen ansprechen! Glauben Sie mir nicht, dass ich verheiratet bin? Ich hatte kein Glück mit meinen Namen«, fügte sie nachdenklich hinzu.

»Sie bringen uns in eine unangenehme Situation, wenn Sie solche Verrücktheiten äußern. Meine Schwester lebt fast das ganze Jahr über auf dem Land; sie ist ganz schlicht, ziemlich langweilig, vielleicht ein wenig engstirnig. Sie sind hochintelligent, sehr lebhaft und so weltoffen, wie man nur sein kann. Deswegen denke ich, dass Sie sie nicht schätzen würden.«

»Sie sollten sich schämen, so schlecht von Ihrer Schwester zu sprechen!«, rief Mrs. Headway. »Damals in San Diego haben Sie mir erzählt, sie sei die netteste Frau, die Sie kennen. Da staunen Sie, ich habe es mir gemerkt. Und Sie sagten mir, sie sei genau in meinem Alter. Also wäre es ziemlich unhöflich, wenn Sie mich nicht mit ihr bekannt machen würden!« Und Littlemores Gastgeberin ließ ein gnadenloses Lachen hören. »Dass sie langweilig sein könnte, schreckt mich nicht. Langweilig zu sein ist sehr vornehm. Ich bin doch immer viel zu lebhaft.«

»Das sind Sie bei weitem! Aber es ist doch ein Kinderspiel, meine Schwester kennenzulernen«, sagte Littlemore, der nur zu gut wusste, dass es nicht der Wahrheit entsprach. Und dann, um von diesem heiklen Thema abzulenken, fragte er unvermittelt: »Werden Sie Sir Arthur heiraten?«

»Meinen Sie nicht, ich wäre oft genug verheiratet gewesen?«

»Vielleicht, aber das ist eine neue Richtung, es wäre etwas anderes. Ein Engländer – das ist eine neue Sensation.«

»Wenn ich heirate, dann einen Europäer«, sagte Mrs. Headway gelassen.

»Ihre Chancen stehen ausgezeichnet, die heiraten alle Amerikanerinnen.«

»Der Mann, den ich jetzt heiraten würde, müsste ein guter sein. In diesem Punkt habe ich so einiges nachzuholen! Das ist es, was ich über Sir Arthur erfahren möchte; Sie haben mir bis jetzt nichts über ihn erzählt.«

»Ich kann schlicht und einfach nichts erzählen – ich habe noch nie von ihm gehört. Hat er Ihnen denn nichts über sich erzählt?«

»Rein gar nichts, er ist sehr bescheiden. Er prahlt nicht und ist auch nicht eingebildet. Deswegen mag ich ihn. Ich halte ihn für äußerst taktvoll. Ich schätze gute Manieren!«, rief

Mrs. Headway. »Aber Sie haben immer noch nicht zugesagt, mir zu helfen«, schloss sie an.

»Wie könnte ich Ihnen helfen? Ich bin ein Niemand. Ich habe keinen Einfluss.«

»Sie können mir helfen, indem Sie mir nicht in die Quere kommen. Ich möchte, dass Sie mir das versprechen.« Sie heftete erneut ihre strahlenden Augen auf ihn, sie schienen tief in seine zu blicken.

»Du meine Güte, wie könnte ich Ihnen in die Quere kommen?«

»Ich bin nicht sicher, ob Sie es könnten. Aber vielleicht versuchen Sie es.«

»Dazu bin ich zu bequem und zu einfältig«, sagte Littlemore scherzhaft.

»Ja«, erwiderte sie, in Gedanken versunken, während sie ihn weiterhin ansah. »Ich glaube, Sie sind zu einfältig. Aber ich glaube auch, dass Sie zu edel sind«, fügte sie etwas gnädiger hinzu. Wenn sie solche Dinge sagte, war sie fast unwiderstehlich.

Sie unterhielten sich noch eine weitere Viertelstunde, und schließlich – als hätte sie Skrupel gehabt – sprach sie von seiner Ehe, vom Tod seiner Frau, Angelegenheiten, auf die sie mit mehr Taktgefühl anspielte als auf einige andere Themen (dachte sie zumindest). »Wenn Sie ein kleines Mädchen haben, sollten Sie darüber sehr glücklich sein, ich hätte auch gern eins. Herrgott, ich würde es zu einem netten Fräulein erziehen! Nicht nach meinem Ebenbild – auf ganz andere Art!« Als er aufstand, um sich zu verabschieden, sagte sie, er solle sie oft besuchen kommen, sie werde noch ein paar Wochen in Paris verbringen, er müsse Mr. Waterville mitbringen.

»Ihrem englischen Freund wird das nicht gefallen, wenn wir Sie oft besuchen«, sagte Littlemore, die Hand am Türknauf.

»Ich weiß nicht, was er damit zu schaffen hat«, antwortete sie mit starrem Blick.

»Ich auch nicht. Allerdings muss er in Sie verliebt sein.«

»Das gibt ihm keine Vorrechte. Gott behüte, wenn ich mir über all die Männer, die in mich verliebt waren, den Kopf hätte zerbrechen müssen!«

»Dann hätten Sie freilich ein schreckliches Leben gehabt! Obwohl Sie stets getan haben, was Sie wollten, hatten Sie ein recht ruheloses. Doch die Gefühle Ihres jungen Engländers scheinen ihm das Recht zu verleihen, hier zu sitzen, wenn Ihnen jemand seine Aufwartung macht, und verloren und gelangweilt dreinzuschauen. Das könnte sich als äußerst ermüdend erweisen.«

»Sobald ich seiner überdrüssig werde, schicke ich ihn weg. Darauf können Sie sich verlassen.«

»Oh«, sagte Littlemore, »letztlich macht es keinen Unterschied.« Er erinnerte sich daran, dass es ihm ganz und gar nicht recht wäre, ungestört mit Mrs. Headway zusammen zu sein.

Sie begleitete ihn ins Vorzimmer. Glücklicherweise war Mr. Max, der Cicerone, nicht da. Sie zögerte ein wenig, anscheinend wollte sie noch etwas sagen.

»Im Gegenteil, er freut sich, wenn Sie vorbeischauen«, bemerkte sie kurz darauf. »Er will meine Freunde unter die Lupe nehmen.«

»Unter die Lupe nehmen?«

»Er will alles über mich wissen und glaubt, dass Sie ihm etwas erzählen können. Eines Tages wird er Sie unverblümt fragen: ›Was für eine Art Frau ist sie eigentlich?‹«

»Hat er das bis jetzt nicht herausgefunden?«

»Er versteht mich nicht«, sagte Mrs. Headway und sah auf ihr Dekolleté hinab. »Jemanden wie mich hat er noch nie getroffen.«

»Das will ich gern glauben!«

»Deswegen wird er Sie fragen, so wie ich es Ihnen gesagt habe.«

»Ich werde ihm sagen, dass Sie die bezauberndste Frau in Europa sind.«

»Das ist doch keine Beschreibung! Außerdem weiß er das. Er will wissen, ob ich ehrbar bin.«

»Er ist sehr neugierig!«, lachte Littlemore.

Sie erbleichte ein wenig; sie schien an seinen Lippen zu hängen. »Vergessen Sie nicht, es ihm zu sagen«, fuhr sie fort mit einem Lächeln, das ihrer Blässe nicht abhalf.

»Ehrbar? Ich sage ihm, dass Sie anbetungswürdig sind!«

Mrs. Headway verharrte noch einen Augenblick. »Ach, mit Ihnen kann man nichts anfangen!«, murmelte sie. Und sie wandte sich plötzlich ab und trat, den bodenlangen Saum ihres Rockes langsam hinter sich herziehend, in den Salon.

## 3

*E*lle ne se doute de rien!«, sagte Littlemore zu sich selbst, als er das Hotel verließ; er wiederholte den Satz bei einem Gespräch über sie mit Mr. Waterville. »Sie möchte ehrenwert sein«, ergänzte er, »aber sie wird in dieser Hinsicht nie wirklich Anerkennung finden; sie hat zu spät damit begonnen, sie wird bestenfalls teilweise ehrenwert sein. Allerdings wird sie es kaum bemerken, wenn sie sich falsch verhält, also hat es keinerlei Bedeutung!« Und dann äußerte er seine Überzeugung, dass sie in einigen Aspekten unverbesserlich bleiben werde; sie besitze kein Taktgefühl, keine Diskretion, kein Gespür für Nuancen. Sie sei eine Frau, die unvermittelt zu einem sagt: »Sie respektieren mich nicht!« Als ob es einer Frau zustünde, so etwas zu sagen!

»Das hängt davon ab, was sie damit meinte.« Waterville maß den Dingen gern eine Bedeutung bei.

»Je mehr sie damit sagen wollte, desto unschicklicher!«, proklamierte Littlemore.

Dennoch kehrte er ins Hôtel Meurice zurück, und bei nächster Gelegenheit nahm er Waterville mit. Der Legationssekretär, der nicht oft in die unmittelbare Nähe einer Dame von so zweifelhaften Eigenschaften geraten war, hatte sich darauf eingestellt, Mrs. Headway als äußerst merkwürdiges Exemplar zu betrachten. Er fürchtete, sie könnte sich als gefährlich erweisen, doch im Großen und Ganzen fühlte er sich sicher. Seine Liebe gehörte zurzeit seinem Land oder zumindest dem Außenministerium; er hatte nicht die Absicht, sich von dieser Hingabe abbringen zu lassen. Zudem hatte er sein eigenes Idealbild einer attraktiven Frau – einer Person, die wesentlich sanfter auftrat als diese glanzvolle, lächelnde, raschelnde, schwatzende Tochter der Prärie: Die Frau, die seine Zuneigung gewinnen könnte, würde Ruhe ausstrahlen und eine gewisse Vorliebe fürs Alleinsein hegen – sie würde einen hin und wieder in Frieden lassen. Mrs. Headway war anzüglich, vertraulich, persönlich; ständig bat sie um etwas oder brachte Beschuldigungen vor, verlangte Erklärungen und

Schwüre, sagte Dinge, auf die man antworten musste. All das wurde von hundertfachem Lächeln und leuchtenden Blicken und anderen natürlichen Reizen begleitet, doch im Grunde hatte alles eine ermüdende Wirkung. Sie war gewiss überaus charmant, bestrebt zu gefallen und besaß eine prächtige Auswahl an Garderobe und Schmuck, doch sie war übereifrig und gedankenverloren, und andere Menschen konnten ihren Eifer unmöglich teilen. Wenn sie Einzug in die Gesellschaft halten wollte, gab es für die Junggesellen, die sie besuchten, keinen Grund, sie zu begleiten, denn es war das Fehlen der üblichen gesellschaftlichen Restriktionen, das ihren Salon attraktiv machte. Es bestand keinerlei Zweifel, dass sie mehrere Frauen in einer Person war, und mit dieser zahlenmäßigen Überlegenheit sollte sie sich eigentlich zufriedengeben. Littlemore sagte zu Waterville, es sei töricht von ihr, den Aufstieg zu wünschen; sie sollte wissen, dass ein Platz in den unteren Rängen ihr viel mehr Möglichkeiten bot. Sie schien ihn irgendwie zu verwirren, sogar ihre schmeichelhaften Versuche, ihre Bildung zu pflegen – sie war zu einer großen Kritikerin geworden und beurteilte viele Werke des Zeitalters mit einem kühnen, freisinnigen Einfühlungsvermögen –, formten unausgesprochene Bittgebete, einen Ruf nach Mitgefühl, was einem Mann natürlich lästig war, der sich ungern die Mühe machte, alte Entscheidungen zu überdenken, die von einer Anzahl bestimmter Erinnerungen, die man zärtlich nennen könnte, geheiligt wurden. Sie besaß jedoch unverkennbaren Charme; sie steckte voller Überraschungen. Selbst Waterville musste zugeben, dass eine Prise Unerwartetes in dem Idealbild der in sich ruhenden Frau keineswegs fehlen sollte. Freilich gab es zweierlei Sorten von Überraschungen, und nur eine davon war voll und ganz erfreulich, wobei Mrs. Headway unbefangen beide Sorten unters Volk brachte. Sie zeigte die plötzlichen Glücksmomente, die drolligen Ausrufe, die exzentrischen Eigenheiten eines Menschen, der in einem Land aufgewachsen ist, in dem alles neu und vieles hässlich ist, und der, mit einem natürlichen Hang zu den Künsten und angenehmen Dingen des Lebens, erst spät die feineren Gepflogenheiten und erleseneren Freuden kennenlernt. Sie war provinziell – man konnte mühelos erkennen, dass sie provinziell war, dazu musste man kein Genie sein. Doch was pariserisch anmutete – wenn man es als Erfolgsmaßstab ansehen mochte, pariserisch zu sein –, war die Art, wie sie Ideen aufschnappte und aus jedem Zwischenfall etwas mitnahm. »Geben Sie mir nur Zeit, und ich werde alles lernen, was ich wissen muss«, sagte sie zu Littlemore, der ihre Karriere mit einer Mischung aus Bewunderung und Melancholie beobachtete. Sie liebte es, von sich als armer kleiner Barbarin zu sprechen, die ein paar Bildungskrumen auflas, und diese Angewohnheit machte dank ihres zarten Gesichts, ihrer perfekten Garderobe und ihrer brillanten Umgangsformen umso größeren Eindruck.

Eine ihrer Überraschungen war, dass sie Littlemore nach jenem ersten Besuch nie wieder auf Mrs. Dolphin hin ansprach. Womöglich tat er ihr größtes Unrecht, aber er hatte fest damit gerechnet, dass sie diese Dame bei jeder Begegnung erwähnen würde. »Wenn sie nur Agnes in Frieden lässt, kann sie tun, was ihr gefällt«, sagte er erleichtert zu Waterville. »Meine Schwester würde sie keines Blickes würdigen, und es wäre höchst peinlich, ihr das vermitteln zu müssen.« Sie erwartete Unterstützung, was sie ihm durch eine bestimmte Art von Blicken zu verstehen gab, aber noch verlangte sie keine bestimmten Dienste. Sie schwieg, aber sie wartete, und sogar ihre Geduld glich einer Ermahnung. Man muss zugeben, was das Gesellschaftsleben anging, waren ihre Privilegien dünn gesät, denn Sir Arthur Demesne und ihre zwei Landsleute waren, soweit Letztere davon Kenntnis hatten, die einzigen Besucher. Sie hätte wohl andere Bekanntschaften machen können, doch sie war hochnäsig und wollte lieber mit niemandem verkehren, wenn sie nicht mit den Vornehmsten verkehren konnte. Zweifellos schmeichelte sie sich, indem sie den Eindruck erweckte, nicht vernachlässigt, sondern wählerisch zu sein. Es lebten unzählige Amerikaner in Paris, doch in diese Richtung würde sie ihren Bekanntenkreis nicht erweitern. Die feinen Leute wollten sie nicht besuchen, und nichts hätte sie dazu bringen können, die anderen zu empfangen. Sie hatte ganz genaue Vorstellungen von den Personen, mit denen sie verkehren, und jenen, die sie meiden wollte. Littlemore rechnete jeden Tag mit der Aufforderung, einige seiner Freunde mitzubringen, und er hatte seine Antwort, wenn auch eine ziemlich dürftige, schon parat. Sie bestand lediglich in der konventionellen Beteuerung, dass er seine Freundin mit niemandem teilen wolle. Mrs. Headway hätte sicherlich erwidert, das sei äußerst »fadenscheinig«, was es im Grunde auch war, doch die Tage verstrichen, ohne dass sie ihn zur Rede stellte. Die kleine amerikanische Kolonie in Paris ist reich an liebenswürdigen Frauen, doch es war keine unter ihnen, die Littlemore um den Gefallen bitten wollte, Mrs. Headway zu besuchen. Er könnte die Frauen daraufhin nicht mehr schätzen, während er doch achten wollte, wen er um eine Gunst ersuchte. Darum sah man sie nie in den *salons* der Avenue Gabriel und in den Straßen rund um den Arc de Triomphe, wo er nur gelegentlich von ihr als einer kleinen Frau aus dem Westen sprach, sehr hübsch und ziemlich eigenwillig, mit der er einst näher bekannt gewesen sei. Und würde er die Männer bitten, ihre Aufwartungen zu machen, ohne zuvor die Frauen gebeten zu haben, würde das nur den Umstand betonen, dass er die Frauen nicht ersucht hatte; also bat er niemanden. Zudem entsprach es – ein kleines bisschen zumindest – der Wahrheit, dass er sie mit niemandem teilen wollte, und er war töricht genug, zu glauben, dass sie ihn weitaus lieber hatte als ihren Engländer. Natürlich hätte er nicht einmal im Traum daran gedacht, sie zu heiraten, während der Engländer anscheinend in dieser Vision versunken war. Sie hasste ihre Vergangenheit; das hatte sie unzählige Male bekundet, und sie sprach, als handle es sich dabei um ein Anhängsel derselben Kategorie wie ein unehrlicher Reisebegleiter oder gar ein unvorteilhaft vorstehender Faltenwurf. Da Littlemore ein Teil ihrer Vergangenheit war, hätte man annehmen können, dass sie ihn ebenfalls hasste und ihn zusammen mit all den Bildern, die er heraufbeschwor, aus ihrem Umkreis verbannen wollte. Sie aber machte eine Ausnahme zu seinen Gunsten, und auch wenn sie die alte Verbindung als Kapitel ihrer eigenen Geschichte missbilligte, schien sie ihr als Kapitel der seinen doch zu gefallen. Er spürte, dass sie sich an ihn klammerte und glaubte, er könne und würde ihr letztendlich helfen. Offenbar hatte sie sich nach und nach auf eine langwierige Mission eingestellt.

Es gelang ihr ausgezeichnet, eine Harmonie aufrechtzuerhalten zwischen Sir Arthur Demesne und ihren amerikanischen Gästen, die deutlich weniger Zeit in ihrem Salon verbrachten. Leicht hatte sie ihn überzeugen können, dass es keinen Grund zur Eifersucht gab und dass die beiden nicht den Wunsch hegten, ihn – wie sie sagte – zu verdrängen, zumal es lächerlich gewesen wäre, auf zwei Personen gleichzeitig eifersüchtig zu sein, und Rupert Waterville erschien, nachdem er den Weg zu ihrem gastlichen Appartement gefunden hatte, ebenso oft wie sein Freund Littlemore. Die beiden kamen tatsächlich für gewöhnlich zusammen und befreiten ihren Rivalen schließlich von einem gewissen Verantwortungsgefühl. Dieser liebenswürdige, vorzügliche, aber ein wenig beschränkte und etwas anmaßende junge Mann, der sich noch nicht entschieden hatte, den letzten Schritt zu tun, wurde manchmal regelrecht erdrückt von der Ungeheuerlichkeit seines Unternehmens, und wenn er mit Mrs. Headway allein war, empfand er seine innere Anspannung gelegentlich als geradezu schmerzhaft. Er war sehr schlank und aufrecht und wirkte größer, als er eigentlich war; er hatte das schönste, seidigste Haar, das in einer Welle über seine hohe weiße Stirn fiel, und seine Nase entsprach dem sogenannten römischen Profil. Er sah jünger aus, als er war (trotz jener letztgenannten Eigenschaften), teils wegen seiner feingeschnittenen Gesichtszüge, teils wegen der fast kindlichen Offenheit seiner runden blauen Augen. Er war schüchtern und gehemmt, bestimmte Laute konnte er nicht aussprechen. Gleichzeitig besaß er die Manieren eines jungen Mannes, der dazu erzogen worden war, einen bedeutenden Platz in der Welt einzunehmen, dem eine gewisse Korrektheit zur Gewohnheit geworden war und der sich zwar manchmal im Kleinen ungeschickt benahm, sich aber garantiert ehrenhaft verhielt, wenn es um wichtige Dinge ging. Er hatte ein schlichtes Gemüt und hielt sich für tiefgründig; in seinen Adern floss das Blut etlicher Gutsherren aus Warwickshire, das sich zuletzt mit einer etwas dünneren Flüssigkeit vermischt hatte, veranlasst durch die langhalsige Tochter eines Bankiers, der sich einen Grafen als Schwiegersohn erhofft hatte, sich aber dazu herabließ, mit Sir Baldwin Demesne vorliebzunehmen, dem akzeptabelsten unten den unzureichenden Baronets. Der Sohn, der einzige, hatte den Titel im Alter von fünf Jahren geerbt; seine Mutter, die ihren goldhaltigen Vater ein zweites Mal enttäuschte, als sich Sir Baldwin auf der Jagd das Genick brach, behütete ihn mit einer Zärtlichkeit, die so gleichmäßig brannte wie eine von unsichtbarer Hand geschützte Kerze. Sie weigerte sich, einzugestehen, sogar sich selbst gegenüber, dass er nicht der Hellste war, auch wenn es ihrer ganzen Intelligenz bedurfte, die viel höher war als seine, den Anschein zu wahren. Zum Glück war er nicht ungestüm, so dass er nie eine Schauspielerin oder Gouvernante heiraten würde wie zwei oder drei der jungen Männer, die mit ihm in Eton die Schulbank gedrückt hatten. Dieser einen Sorge ledig, wartete Lady Demesne zuversichtlich darauf, dass er in ein hohes Amt berufen würde. Er vertrat im Parlament die konservativen Instinkte und die Wähler einer Marktstadt mit roten Ziegeldächern und bezog bei seinem Buchhändler regelmäßig alle Neuerscheinungen zu Wirtschaftsfragen, denn er war entschlossen, seine politische Einstellung auf eine statistische Grundlage zu stellen. Er war keinesfalls eingebildet, nur falsch informiert – ich meine, falsch informiert über sich selbst. Er hielt sich für einen unverzichtbaren Teil des großen Plans – nicht als Individuum, sondern als Institution. Diese Überzeugung war jedoch zu heilig, um sich durch vulgäre Anmaßungen kundzutun. Auch wenn er ein kleiner Mann an einem großen Ort war, gab er sich weder prahlerisch noch lautstark; er hielt es lediglich für eine Art Luxus, über ein großes gesellschaftliches Umfeld zu verfügen. Es war, wie in einem großen Bett zu schlafen; man rollt sich zwar nicht unbedingt hierhin und dorthin, fühlt sich aber dennoch ausgeruhter.

Ihm war noch nie jemand wie Mrs. Headway über den Weg gelaufen; er wusste kaum, welchen Maßstab er bei ihr ansetzen sollte. Sie war anders als die englischen Damen – zumindest anders als jene, mit denen er für gewöhnlich Umgang pflegte –, und doch konnte man unmöglich übersehen, dass sie ihren eigenen Maßstab hatte. Er meinte, sie sei provinziell, da er aber ganz von ihrem Charme beeinflusst war, beschönigte er die Angelegenheit, indem er sich sagte, sie sei lediglich ausländisch. Freilich war es provinziell, ausländisch zu sein, doch letztlich teilte sie diese Eigenschaft mit einer Vielzahl netter Leute. Er war nicht ungestüm, und seine Mutter hatte sich etwas darauf eingebildet, dass er in diesem entscheidenden Punkt nicht launisch agieren würde; dennoch kam es nicht weniger unerwartet, dass er eine Zuneigung zu einer amerikanischen Witwe fasste, die fünf Jahre älter war als er, niemanden kannte und nicht zu verstehen schien, wer er wirklich war. Obwohl es ihm missfiel, war es gerade das Fremde an ihr, das ihn reizte; sie schien kaum etwas von seinem eigenen Volk und Glauben zu haben; in ihren Zügen fand man keine Spur von Warwickshire. Sie ähnelte einer Ungarin oder Polin mit dem Unterschied, dass er ihre Sprache fast verstand. Der unglückselige junge Mann war fasziniert, obwohl er sich noch nicht eingestanden hatte, verliebt zu sein. In einer solchen Situation würde er sehr langsam und besonnen vorgehen, denn er war sich der Bedeutung sehr wohl bewusst. Er war ein junger Mann, der sein Leben durchgeplant hatte; er hatte beschlossen, mit zweiunddreißig zu heiraten. Eine lange Reihe von Ahnen beobachtete ihn; er konnte sich kaum vorstellen, was sie von Mrs. Headway halten würde. Er wusste selbst kaum, was er von ihr hielt; das Einzige, was er mit absoluter Sicherheit wusste, war, dass die mit ihr verbrachte Zeit ganz anders verging als bei jeder anderen Beschäftigung. Das machte ihn leicht nervös; er war sich keineswegs sicher, ob die Zeit auf diese Weise verstreichen durfte. Die Ausbeute jener Stunden beschränkte sich auf Fragmente aus Mrs. Headways Konversation, die Eigenheiten ihres Akzents, ihre Geistesblitze, die Kühnheit ihrer Phantasie, ihre rätselhaften Anspielungen auf die Vergangenheit. Natürlich wusste er, dass sie eine Vergangenheit hatte; sie war kein junges Mädchen, sondern eine Witwe – und Witwen sind im Wesentlichen Ausdruck einer vollendeten Tatsache. Er war auf ihr Vorleben nicht eifersüchtig, wollte es aber verstehen, und genau an diesem Punkt begann es schwierig zu werden. Der Gegenstand wurde von vereinzelten Blitzen beleuchtet, bot sich ihm aber nie als ein Gesamtbild dar. Er stellte ihr viele Fragen, doch ihre Antworten fielen so verwirrend aus, dass sie, wie plötzlich aufscheinende Lichtpunkte, die Dunkelheit um sie herum nur mehr zu verstärken schienen. Offenkundig hatte sie ihr Leben in einer minderwertigen Provinz eines minderwertigen Landes verbracht, aber daraus konnte man nicht folgern, dass sie selbst gewöhnlich war. Sie war eine Lilie unter Disteln gewesen, und wenn sich ein Mann seines Ranges für eine Frau wie sie interessierte, hatte das etwas Romantisches. Sir Arthur gefiel es, sich für romantisch zu halten; einige seiner Ahnen hatten diesen Wesenszug besessen und für einen Präzedenzfall gesorgt, ohne den er es nicht gewagt hätte, sich selbst zu trauen. Er war das Opfer von Irrtümern, vor denen ihn die Spur einer einzigen unmittelbaren Erkenntnis hätte bewahren können. Er nahm alles wörtlich, er hatte kein Fünkchen Humor. Unschlüssig wartete er darauf, dass etwas geschah, und kompromittierte sich nicht durch vorschnelle Bezeugungen. Falls er verliebt war, war er es auf seine eigene Art, nachdenklich, ausdruckslos, beharrlich. Er wartete auf die richtigen Worte, die sein Verhalten und Mrs. Headways Eigenheiten rechtfertigen würden. Er wüsste nicht zu sagen, wo sie herkommen sollten. Man hätte aus seinem Verhalten schließen können, dass er sie in einem der vorzüglich zubereiteten *entrées* finden würde, die den beiden serviert wurden, wann immer Mrs. Headway einwilligte, mit ihm bei Bignon oder im Café Anglais zu speisen, oder in einer der zahlreichen Hutschachteln, die aus der Rue de la Paix eintrafen und die sie oftmals in Gegenwart ihres Verehrers öffnete. Es gab Momente, da er es leid war, vergeblich zu warten, und in diesen Momenten schien die Ankunft ihrer amerikanischen Freunde (er wunderte sich oft, warum sie nur so wenige hatte) das Rätsel von seinen Schultern zu nehmen und ihm die Gelegenheit zu geben, wieder zu Kräften zu kommen. Die richtigen Worte – sie selbst konnte sie nicht sagen, da sie nicht wusste, welche Themen sie wie umfangreich abhandeln sollten. Sie sprach über ihre Vergangenheit, weil sie es für das Beste hielt; sie war der klugen Überzeugung, dass es besser wäre, sich die Vergangenheit zunutze zu machen, als sie auszulöschen. Auslöschen konnte man sie nicht, obwohl sie es bevorzugt hätte. Sie fand nichts dabei, kleine

Lügen zu erzählen, doch nun, da sie einen Neubeginn wagte, wollte sie nur die notwendigen auftischen. Es hätte ihr sehr gefallen, gar keine vorbringen zu müssen. Einige wenige allerdings waren unverzichtbar, und wir müssen uns nicht die Mühe machen, die erfindungsreichen Faktenverdrehungen näher zu untersuchen, mit denen sie Sir Arthur fütterte und verwirrte. Natürlich wusste sie, dass sie nie als Spross der mondänen Welt durchgehen würde, aber vielleicht könnte sie als Kind der Natur manche Erfolge feiern.

# 4

Rupert Waterville, involviert in eine gesellschaftliche Beziehung, in der wohl jeder insgeheim Vorbehalte hegte, vergaß nie, dass er als Diplomat sein Land repräsentierte, dass er eine Verantwortung hatte, Beamter war, und er fragte sich mehr als einmal, inwieweit es ihm gestattet wäre, Mrs. Headway in ihrem Anspruch zu unterstützen, eine amerikanische Dame zu sein, die sogar in ihren neueren Manifestationen vorbildlich auftrat. Auf seine Art war er so verwirrt wie der arme Sir Arthur, und er bildete sich tatsächlich etwas darauf ein, so penibel zu sein wie der penibelste Engländer. Was wäre, wenn Mrs. Headway durch diesen freimütigen Umgang nach London käme und in der Gesandtschaft darum ersuchte, der Königin vorgestellt zu werden? Es wäre äußerst unangenehm, sie abzuweisen – natürlich würde man sie abweisen müssen –, so dass er hochnotpeinlich darauf achtete, keine indirekten Versprechungen zu machen. Sie könnte alles

Mögliche als indirektes Versprechen auslegen – er wusste, wie selbst die kleinsten Gesten der Diplomaten studiert und interpretiert wurden. Von daher bemühte er sich, in seiner Beziehung zu dieser attraktiven, aber gefährlichen Frau wahrhaft diplomatisch vorzugehen. Die vier Bekannten gingen häufig zusammen zum Abendessen aus – Sir Arthur hatte sein Vertrauen solcherart ausgeweitet –, und bei diesen Anlässen nahm Mrs. Headway sogar in den teuersten Restaurants eines der Privilegien einer Dame für sich in Anspruch und wischte ihre Gläser mit der Serviette nach. Eines Abends, als sie ein Weinglas poliert hatte, es ins Licht hielt und Waterville mit seitlich geneigtem Kopf fast unmerklich zuzwinkerte, sagte er sich, während er sie betrachtete, dass sie aussah wie eine moderne Bacchantin. Im selben Augenblick bemerkte er, dass der Baronet sie ebenfalls musterte, und überlegte, ob er demselben Gedanken nachhing. Er fragte sich oft, was im Kopf des Baronets vorging; er hatte alles in allem ausführlich über die Aristokraten nachgedacht. Nur Littlemore richtete seinen Blick momentan nicht auf Mrs. Headway; er schien sie nie anzusehen, obwohl sie ihn oft beobachtete. Waterville fragte sich unter anderem, warum Sir Arthur nicht seine eigenen Freunde zu seiner Freundin mitgebracht hatte, denn Paris war in den vergangenen Wochen reich an englischen Besuchern gewesen. Er fragte sich, ob sie ihn darum gebeten und er sich geweigert hatte; er hätte wirklich allzu gerne gewusst, ob sie ihn gebeten hatte. Er erläuterte Littlemore seine Wissbegier, der jedoch kaum Interesse daran zeigte. Trotzdem sagte Littlemore, er zweifle nicht daran, dass sie ihn gefragt habe; sie lasse sich nie von falschem Taktgefühl aufhalten.

»Mit Ihnen ist sie sehr taktvoll umgegangen«, erwiderte Waterville. »In letzter Zeit ist sie überhaupt nicht aufdringlich gewesen.«

»Nur weil sie mich aufgegeben hat, sie hält mich für einen Mistkerl.«

»Was sie wohl von mir hält?«, sagte Waterville nachdenklich.

»Ach, sie verlässt sich darauf, dass Sie ihr den Gesandten vorstellen. Sie haben Glück, dass der hiesige Vertreter gerade abwesend ist.«

»Nun«, erwiderte Waterville, »der Gesandte hat zwei oder drei schwierige Probleme gelöst, da wird er wohl auch mit diesem fertig. Ich werde nichts ohne Anweisung meines Vorgesetzten tun.« Er sprach furchtbar gern über seinen Vorgesetzten.

»Sie tut mir unrecht«, fügte Littlemore kurz darauf hinzu. »Ich habe mit mehreren Leuten über sie gesprochen.«

»Ach, aber was haben Sie ihnen erzählt?«

»Dass sie im Hôtel Meurice wohnt und nette Leute kennenlernen möchte.«

»Sie sind wohl geschmeichelt, dass Sie sie für nett halten, aber besuchen will sie trotzdem niemand«, sagte Waterville.

»Ich habe mich mit Mrs. Bagshaw über sie unterhalten, und Mrs. Bagshaw hat versprochen, sie aufzusuchen.«

»Oh«, murmelte Waterville, »Sie halten Mrs. Bagshaw doch nicht etwa für nett? Mrs. Headway würde sie nicht empfangen.«

»Das ist genau, was sie will – die Gelegenheit, jemanden zu schneiden!«

Waterville hatte die Theorie, dass Sir Arthur Mrs. Headway als Überraschung zurückhielt – womöglich um sie in der nächsten Saison in London zu präsentieren. Bald erfuhr er über die Angelegenheit jedoch alles, was er wissen musste. Er hatte seiner schönen Landsmännin einmal angeboten, sie ins Musée du Luxembourg zu begleiten und ihr ein wenig über die moderne französische Malerei zu erzählen. Sie hatte jene Sammlung noch nicht gesehen, obwohl sie entschlossen war, nichts Bemerkenswertes auszulassen (sie hielt ihren Murray-Reiseführer sogar im Schoß, wenn sie ihren berühmten Schneider in der Rue de la Paix aufsuchte, dem sie, wie sie sagte, unzählige Tipps gegeben hatte); für gewöhnlich besuchte sie solche Orte mit Sir Arthur, doch Sir Arthur hielt nichts von den modernen Malern Frankreichs. »Er meint, in England gebe es viel bessere Künstler. Ich müsse nur auf die Ausstellung der Royal Academy im nächsten Jahr warten. Er scheint zu glauben, dass man auf alles warten kann, aber ich bin nicht so gut im Warten wie er. Ich kann es mir nicht leisten, zu warten – ich habe lang genug gewartet.« Dies waren die Worte Mrs. Headways, als sie mit Rupert Waterville vereinbarte, eines Tages zusammen das Musée du Luxembourg zu besuchen. Sie sprach über den Engländer, als wäre er ihr Mann oder Bruder, ihr naturgegebener Beschützer und Gefährte.

»Ich frage mich, ob sie weiß, wie sich das anhört?«, wunderte sich Waterville. »Ich glaube nicht, dass sie dergleichen sagen würde, wenn sie es wüsste.« Und er dachte ferner darüber nach, dass man unendlich viel zu lernen hatte, wenn man aus San Diego stammte: Es brauchte so viel, um eine wohlerzogene Frau hervorzubringen. Scharfsinnig, wie sie nun einmal war, hatte Mrs. Headway recht, als sie bemerkte, sie könne nicht warten. Sie musste schnell lernen. Eines Tages schrieb sie an Waterville und schlug vor, das Museum am nächsten Tag zu besuchen; Sir Arthurs Mutter sei in Paris, auf dem Weg nach Cannes, wo sie den Winter verbringen werde. Sie sei nur auf der Durchreise, werde aber drei Tage in der Stadt bleiben, und er werde ihr selbstverständlich seine ganze Zeit widmen. Anscheinend hatte sie äußerst präzise Vorstellungen davon, was ein Gentleman für seine Mutter so alles zu tun hatte. Sie sei deswegen verfügbar, und sie schrieb ihm, wann genau sie seinen Besuch erwarte. Er kam pünktlich zu der Verabredung, und in der großen vornehmen Barutsche, in der sie ständig durch Paris kutschierte, überquerten sie den Fluss. Mit Mr. Max auf dem Kutschbock – das Antlitz des Reisebegleiters zierte ein gewaltiger Backenbart – wirkte das Fahrzeug überaus eindrucksvoll, auch wenn Sir Arthur ihr versichert habe – so wiederholte sie es ihren Freunden –, dass sie nächstes Jahr in London noch wesentlich mehr Eindruck schinden würden. Natürlich waren ihre anderen Freunde beeindruckt, dass der Baronet sich derart beharrlich zeigte, und im großen Ganzen hatte Waterville das auch von ihm erwartet. Littlemore erwähnte lediglich, dass sie in San Diego in einem klapprigen Einspänner mit schlammverschmutzten Rädern, der nicht selten von einem Maultier gezogen wurde, umhergefahren sei. Waterville empfand eine Art Erregung, als er sich fragte, ob die Mutter des Baronets einwilligen würde, sie kennenzulernen. Ihr musste freilich klar sein, dass es sich um eine Frau handelte, die ihren Sohn zu einer Jahreszeit in Paris hielt, in der englische Gentlemen sich naturgemäß damit beschäftigten, Rebhühner zu schießen.

»Sie wohnt im Hôtel du Rhin, und ich habe ihm zu verstehen gegeben, dass er nicht von ihrer Seite weichen soll, solange sie hier ist«, sagte Mrs. Headway, als sie die schmale Rue de Seine entlangfuhren. »Sie heißt Lady Demesne, doch ihr vollständiger Titel lautet Ehrenwerte Lady Demesne, da sie die Tochter eines Barons ist. Ihr Vater war Bankier, hat aber irgendetwas für die Regierung gedeichselt – für die Tories, wie man sie dort nennt – und wurde dafür in den Adelsstand erhoben. Wie Sie sehen, *kann* man aufsteigen! Sie reist mit einer Gesellschaftsdame.« Watervilles Sitznachbarin übermittelte ihm diese Information mit einer Ernsthaftigkeit, die ihn lächeln ließ; er fragte sich, ob sie dachte, dass er nicht wisse, wie man die Tochter eines Barons anredet. In solchen Dingen war sie sehr provinziell; sie hatte die Angewohnheit, den Wert ihrer intellektuellen Errungenschaften zu übertreiben und anzunehmen, dass andere ebenso unwissend waren wie sie selbst. Er stellte außerdem fest, dass sie mittlerweile den Namen des armen Sir Arthur ganz wegließ und ihn nur noch mit einer Art Pronomen rief, wie es Ehepaare tun. Sie hatte so oft und mühelos geheiratet, dass sie ständig solche irreführenden Anspielungen auf Gentlemen machte.

# 5

Sie spazierten durch die Galerie des Musée du Luxembourg, und abgesehen davon, dass Mrs. Headway alles gleichzeitig betrachtete und nichts lange genug, wie gewöhnlich eine Nuance zu laut sprach und den schlechten Kopien einiger unwichtiger Gemälde zu viel Aufmerksamkeit schenkte, war sie eine angenehme Begleiterin und eine dankbare Empfängerin seiner Erläuterungen. Sie besaß eine rasche Auffassungsgabe, und Waterville war sicher, dass sie etwas über die französische Malerei gelernt hatte, ehe sie die Galerie verließ, und gut darauf vorbereitet war, sie kritisch mit den Londoner Ausstellungen des folgenden Jahres zu vergleichen. Wie Littlemore und er mehr als einmal festgestellt hatten, bot sie eine höchst seltsame Mischung. Ihre Konversation, ihre Persönlichkeit wiesen deutlich sichtbar zahllose kleine Verbindungsstellen und Nähte auf, an denen das Alte mit dem Neuen verknüpft worden war. Nachdem sie die verschiedenen Säle des Palastes durchquert hatten, schlug Mrs. Headway vor, anstatt auf direktem Wege zurückzukehren, in den umliegenden Gärten spazieren zu gehen, die sie liebend gern sehen wolle und die ihr sicher gefallen würden. Sie hatte den Unterschied zwischen dem alten und dem neuen Paris recht gut erfasst und spürte die Kraft der romantischen Assoziationen des Quartier Latin so vollkommen, als hätte sie all die Vorzüge moderner Kultur genossen. Die Herbstsonne schien warm auf die Fußwege und Terrassen des Luxembourg; das dichte Laub über ihnen, zurechtgestutzt und geradegeschnitten, befallen von rötlichen Flecken, breitete eine dicke Spitzendecke über den weißen Himmel, der Streifen aus hellstem Blau aufwies. Die Blumenbeete in der Nähe des Palastes zeigten das leuchtendste Gelb und Rot, und das Sonnenlicht ruhte auf den glatten grauen Mauern jener Teile seines Fundaments, die nach Süden blickten; davor, auf den langen grünen Bänken, saß eine Gruppe Kindermädchen mit gebräunten Wangen, in weißen Hauben und Schürzen, die ebenso viele weißgewickelte Bündel mit Nahrung versorgten. Andere Weißbemützte schlenderten in Begleitung gebräunter französischer Kleinkinder über die breiten Wege; die kleinen Stühle mit Sitzen aus geflochtenem Stroh waren an einigen Stellen stapelweise beiseitegeräumt, während sie anderswo verstreut herumstanden. Eine alte Dame in Schwarz, deren weißes Haar über den Schläfen mit großen schwarzen Kämmen festgesteckt war, saß reglos auf dem Rand einer Steinbank (die für ihre zarte Figur zu hoch war), starrte geradeaus und hielt einen großen Schlüssel in der Hand; unter einem Baum vertiefte sich ein Pfarrer in seine Lektüre – man konnte von weitem erkennen, dass sich seine Lippen bewegten; ein junger Soldat, zwergenhaft und mit roter Uniformhose, spazierte, die Hände in den stark ausgebeulten Hosentaschen, vorüber. Waterville setzte sich neben Mrs. Headway auf einen der Strohstühle, und kurz darauf sagte sie: »Das gefällt mir und ist sogar noch besser als die Bilder in der Galerie. Es ist noch eher wie ein Gemälde.«

»In Frankreich ist alles wie auf einem Gemälde – sogar die hässlichen Dinge«, erwiderte Waterville. »Alles kann zum Sujet werden.«

»Also mir gefällt Frankreich!«, fuhr Mrs. Headway fort und ließ einen unpassenden Seufzer vernehmen. Dann ergänzte sie unvermittelt aus einem Drang heraus, der noch abwegiger war als ihr Seufzer: »Er hat mich gebeten, sie zu besuchen, aber ich sagte ihm, das werde ich nicht tun. Wenn sie möchte, kann sie zu mir kommen.« Die Äußerung kam so abrupt, dass Waterville stutzte, doch er begriff rasch, dass sie auf direktem Wege zu Sir Arthur und seiner ehrenwerten Mutter zurückgekehrt war. Waterville interessierte sich durchaus für die Angelegenheiten anderer Leute, wollte aber nicht, dass man ihm dieses Interesse aufbürdete, weshalb ihn die Vertraulichkeit seiner Gefährtin ziemlich verärgerte, obwohl er neugierig war, wie die alte Dame, wie er sie nannte, Mrs. Headway behandeln würde. Er war nicht der Auffassung, so eng mit ihr befreundet zu sein. Es lag jedoch in Mrs. Headways Natur, Vertrautheit als selbstverständlich anzusehen, ein Wesenszug, der zumindest Sir Arthurs Mutter garantiert missfallen dürfte. Er gab vor, nicht recht zu wissen, wovon sie sprach, doch sie machte sich kaum die Mühe, etwas zu erklären. Sie redete einfach unvermittelt weiter: »Dass sie mich besucht, ist das Mindeste. Ich bin sehr nett zu ihrem Sohn gewesen. Das ist kein Grund für mich, sie zu besuchen – es ist ein Grund für sie, mich zu besuchen. Und wenn es ihr nicht gefällt, was ich getan habe, soll sie mich nicht behelligen. Ich möchte einen Platz in der europäischen Gesellschaft erobern, aber ich will es auf meine Art tun. Ich will den Leuten nicht hinterherlaufen; ich will, dass sie mir hinterherlaufen. Ich schätze, das werden sie eines Tages tun!« Waterville lauschte mit gesenktem Blick; er merkte, dass er leicht errötete. Mrs. Headway hatte etwas an sich, das ihn schockierte und beschämte, und Littlemore hatte recht gehabt, als er sagte, sie habe kein Verständnis für die feinen Nuancen. Sie war schrecklich eindeutig; ihre Motive, ihre Impulse, ihre Wünsche waren ganz und gar unmissverständlich. Sie musste ihre eigenen Gedanken sehen und hören. Hitzige Gedanken wurden bei Mrs. Headway unvermeidlich ausgesprochen, obwohl ihren Worten nicht immer Gedanken vorausgingen, und nun war sie plötzlich in Rage geraten. »Wenn sie mich nun doch besucht – dann, ja dann werde ich mehr als nur tadellos mit ihr umgehen; ich werde sie nicht vom Haken lassen! Aber sie muss den ersten Schritt tun. Ich hoffe, ehrlich gesagt, dass sie nett sein wird.«

»Vielleicht wird sie es nicht sein«, sagte Waterville boshaft.

»Na, was kümmert es mich, wenn sie es nicht ist. Er hat mir nie etwas über sie erzählt, kein Wort über seine Verwandtschaft. Wenn man wollte, könnte man meinen, dass er sich ihrer schämt.«

»Ich glaube nicht, dass es daran liegt.«

»Das ist mir klar. Ich weiß, woran es liegt. Es ist schlicht Bescheidenheit. Er will nicht prahlen – er ist zu sehr Gentleman. Er will mich nicht blenden – er will, dass ich ihn um seinetwillen mag. Na ja, ich mag ihn ja auch«, fügte sie kurz darauf hinzu. »Aber ich würde ihn noch mehr mögen, wenn er seine Mutter mitbringt. In Amerika soll man davon erfahren.«

»Glauben Sie, es würde in Amerika Eindruck machen?«, fragte Waterville lächelnd.

»Es wird ihnen zeigen, dass mich die britische Aristokratie besucht. Das würde ihnen nicht gefallen.«

»Sie werden Ihnen doch gewiss nicht ein unschuldiges Vergnügen missgönnen«, murmelte Waterville, der immer noch lächelte.

»Sie missgönnten mir gewöhnliche Höflichkeiten, als ich in New York war! Haben Sie schon gehört, wie sie mich behandelt haben, als ich aus dem Westen dorthin kam?«

Waterville machte große Augen, diese Episode war ihm völlig unbekannt. Seine Begleiterin hatte sich ihm zugewandt; ihr hübscher Kopf war zurückgebeugt wie eine Blume im Wind, ihre Wangen hatten sich gerötet, in ihren Augen glänzte ein schärferes Licht. »Ach! Meine lieben New Yorker, die können doch gar nicht unhöflich sein!«, rief der junge Mann.

»Ich verstehe, Sie sind einer von denen. Aber ich spreche nicht von den Männern. Die Männer waren ganz passabel – obwohl sie es zugelassen haben.«

»Was haben sie zugelassen, Mrs. Headway?« Waterville tappte völlig im Dunkeln.

Sie wollte nicht sofort antworten; ihre Augen, die leicht glitzerten, richteten sich auf abwesende Bilder. »Was haben Sie drüben über mich gehört? Tun Sie nicht so, als hätten Sie nichts gehört.«

Er hatte wirklich nicht das Geringste gehört, in New York war kein einziges Wort über Mrs. Headway gefallen. Er konnte niemandem etwas vormachen, und so sah er sich gezwungen, ihr ebendies mitzuteilen. »Aber ich war im Ausland«, fügte er hinzu, »und bin in Amerika nicht ausgegangen. In New York kann man nirgendwohin – da gibt's nur kleine Jungen und Mädchen.«

»Es gibt jede Menge alte Frauen! Sie kamen zu dem Schluss, ich sei unschicklich. Im Westen bin ich wohlgelitten – man kennt mich von Chicago bis San Francisco, wenn nicht (in allen Fällen) persönlich, dann zumindest meinem guten Ruf nach. Die Leute da können es bestätigen. In New York beschloss man, ich sei nicht gut genug. Nicht gut genug für New York! Was sagen Sie dazu?«, und sie ließ ein liebliches kleines Lachen vernehmen. Ob sie mit ihrem Stolz gerungen hatte, bevor sie ihm dieses Geständnis machte, erfuhr Waterville nicht. Die Grobheit des Geständnisses schien anzudeuten, dass sie keinen Stolz besaß, und dennoch gab es da eine Stelle in ihrem Herzen, die, wie er nun begriff, tief verletzt worden war und plötzlich zu schmerzen begann. »Ich mietete ein Haus für den Winter – eines der hübschesten Häuser weit und breit –, aber ich saß dort ganz allein. Sie hielten mich für nicht gesellschaftsfähig. So wie Sie mich jetzt vor sich sehen, hatte ich keinen Erfolg! Ich sage Ihnen die Wahrheit, gleich welche Folgen es haben mag. Nicht eine anständige Frau besuchte mich!«

Waterville war verlegen; obwohl Diplomat, wusste er nicht, wie er sich verhalten sollte. Er verstand nicht, warum sie ihm unbedingt die Wahrheit sagen musste, auch wenn der Vorfall offenbar sehr seltsam gewesen war und es ihm gefiel, die Fakten aus erster Hand zu erhalten. Zum ersten Mal hörte er, dass diese bemerkenswerte Frau einen Winter in seiner Heimatstadt verbracht hatte, was im Grunde bewies, dass sie vollkommen unbemerkt an- und abgereist war. Seine Ausrede, er sei lange Zeit fort gewesen, war töricht, denn er hatte seine Stelle in London erst vor sechs Monaten angetreten und Mrs. Headways gesellschaftliches Scheitern war vorher geschehen. Mitten in diesen Überlegungen kam ihm ein Geistesblitz. Er versuchte die Angelegenheit weder zu erklären noch kleinzureden oder zu entschuldigen, er wagte lediglich, seine Hand einen Augenblick auf ihre zu legen und so zartfühlend wie möglich zu sagen: »Ich wünschte, *ich* wäre Ihnen dort begegnet!«

»Männer kannte ich genug – aber Männer zählen nicht. Sie sind keine wirkliche Hilfe, sondern vielmehr ein Hindernis, und je mehr man kennt, desto schlechter der Eindruck. Die Frauen kehrten mir einfach den Rücken.«

»Sie hatten Angst vor Ihnen – sie waren eifersüchtig«, meinte Waterville.

»Es ist sehr lieb von Ihnen, dass Sie versuchen, es umzudeuten; ich weiß nur, dass keine von ihnen über meine Schwelle getreten ist. Sie müssen das nicht beschönigen; ich weiß genau, was Sache ist. Wenn Sie so wollen, war ich in New York ein Reinfall!«

»Umso bedauerlicher für New York!«, rief Waterville, der, wie er Littlemore später erzählte, inzwischen ziemlich aufgebracht war.

»Und wissen Sie jetzt, warum ich hierzulande Zugang zur feinen Gesellschaft finden möchte?« Sie sprang auf und stand vor ihm; mit einem trockenen, freudlosen Lächeln sah sie auf ihn herab. Dieses Lächeln selbst war die Antwort auf ihre Frage, es bedeutete den dringenden Wunsch nach Rache. Sie bewegte sich so rasch, dass Waterville kaum folgen konnte, doch während er immer noch dasaß und ihren Blick erwiderte, spürte er endlich, im Glanz jenes Lächelns, im Aufblitzen jener fast wütenden Frage, dass er Mrs. Headway verstand.

Sie wandte sich ab, um Richtung Gartentor zu gehen, und er begleitete sie, zerstreut und gezwungen über die Tragik in ihrer Stimme lachend. Natürlich erwartete sie von ihm, dass er ihr half, sich zu rächen, doch seine weiblichen Verwandten, seine Mutter und seine Schwestern, seine unzähligen Cousinen, hatten ihren Anteil an der Kränkung gehabt, die sie erdulden musste, und er kam zu dem Schluss, als er weiterspazierte, dass sie letztlich im Recht gewesen waren. Sie hatten recht daran getan, eine Frau zu meiden, die auf diese Weise über ihre gesellschaftlichen Kränkungen plauderte; ob Mrs. Headway nun ehrbar war oder nicht, jedenfalls hatten sie den richtigen Instinkt gehabt, dass sie zumindest vulgär war. Die europäische Gesellschaft würde sie vielleicht aufnehmen, würde damit aber einen Fehler begehen. New York, sagte sich Waterville mit glühendem Bürgerstolz, war durchaus in der Lage, in solch einer Situation einen strengeren Maßstab anzulegen als London. Sie gingen ein Stück weit, ohne zu sprechen. Schließlich sagte er und brachte den Gedanken ehrlich zum Ausdruck, der ihn momentan am meisten beschäftigte: »Ich verabscheue diesen Satz, ›in die Gesellschaft aufgenommen werden‹. Ich glaube nicht, dass man seinen Ehrgeiz auf ein solches Ziel richten sollte. Man sollte doch annehmen, dass man bereits Teil der Gesellschaft ist – dass man selbst die Gesellschaft *ist* –, und die Ansicht vertreten, wenn man gute Manieren besitzt, aus gesellschaftlicher Perspektive das große Ziel schon erreicht zu haben. Alles Übrige betrifft die anderen.«

Einen Moment lang schien sie nicht zu begreifen, dann platzte es aus ihr heraus: »Na, dann habe ich wohl keine guten Manieren, auf jeden Fall bin ich unzufrieden! Natürlich ist meine Art zu sprechen nicht korrekt – das weiß ich wohl. Aber lassen Sie mich erst mein Ziel erreichen, dann werde ich mich um meine Ausdrucksweise schon kümmern. Wenn ich es geschafft habe, werde ich perfekt sein!«, rief sie mit leidenschaftlich bebender Stimme. Sie gingen durch das Gartentor und blieben einen Augenblick gegenüber den niedrigen Säulengängen des Odéon und den sie flankierenden Bücherständen stehen, auf die Waterville einen versonnenen Blick warf, während sie auf Mrs. Headways Kutsche warteten, die ein Stück weiter abgestellt worden war. Der backenbärtige Max hatte sich hineingesetzt und war auf den straffen federnden Kissen eingenickt. Die Kutsche fuhr an, ohne ihn zu wecken; zu Sinnen kam er erst, als sie wieder anhielt. Er schreckte hoch und guckte verdutzt, dann, ohne dabei verwirrt zu erscheinen, stieg er aus.

»Eine meiner Angewohnheiten aus Italien – da nennt man es *siesta*«, bemerkte er mit freundlichem Lächeln, als er Mrs. Headway die Tür aufhielt.

»Das hätte ich mir denken können!«, erwiderte die Dame mit liebenswürdigem Lachen, als sie, gefolgt von Waterville, in das Fahrzeug einstieg. Es überraschte ihn nicht, dass sie ihren Cicerone verzog, sie musste es einfach tun. Doch Zivilisation beginnt im eigenen Haushalt, sagte sich Waterville, und der Vorfall warf ein ironisches Licht auf ihren Wunsch, in die Gesellschaft aufgenommen zu werden. Ihre Gedanken jedoch konnten hierdurch nicht von dem Thema abgelenkt werden, das sie mit Waterville diskutierte, denn als Max auf den Kutschbock stieg und das Gefährt in Gang setzte, machte sie eine weitere kleine trotzige Bemerkung: »Wenn ich mir hier erst einmal einen guten Ruf zugelegt habe, dann kann ich New York eine Nase drehen! Sie werden sehen, was für lange Gesichter die Frauen dort machen.«

Waterville war sicher, dass seine Mutter und seine Schwestern keine Miene verziehen würden, doch als die Kutsche zurück zum Hôtel Meurice fuhr, hatte er erneut das Gefühl, Mrs. Headway nunmehr zu verstehen. Als sie gerade in den Hof des Hotels einfuhren, wurden sie von einer geschlossenen Kutsche überholt, und als er einige Augenblicke später seiner Begleiterin beim Aussteigen half, sah er, dass Sir Arthur Demesne aus dem anderen Fahrzeug ausgestiegen war. Sir Arthur erblickte Mrs. Headway und reichte im selben Moment einer Dame die Hand, die in dem *coupé* saß. Jene Dame kam mit einer gewissen gemächlichen Würde zum Vorschein, und als sie vor der Hoteltür stand – eine immer noch junge, gutaussehende Frau, ziemlich groß, anmutig, ruhig, schlicht gekleidet und doch überaus imposant –, begriff Waterville, dass der Baronet seine Mutter hergeführt hatte, damit sie Nancy Beck einen Besuch abstattete. Mrs. Headways Triumph hatte begonnen, die adlige Witwe Lady Demesne hatte den ersten Schritt getan. Waterville fragte sich, ob die New Yorker Damen, benachrichtigt durch eine Art Telepathie, schon ihre Nasen rümpften. Mrs. Headway, die das Ereignis rasch erfasste, war weder zu eilfertig, um dem Besuch zu entsprechen, noch zu langsam, ihn zu würdigen. Sie hielt einfach inne und lächelte Sir Arthur zu.

»Ich möchte Sie gern meiner Mutter vorstellen – sie würde Sie liebend gern kennenlernen.« Er näherte sich Mrs. Headway, die Dame hatte sich bei ihm eingehängt. Sie war gleichzeitig schlicht und umsichtig, sie besaß alle Eigenschaften einer englischen Matrone.

Mrs. Headway ging nicht einen Schritt auf sie zu, sondern streckte die Hände aus, als wolle sie ihren Gast rasch näher locken. »Ich muss schon sagen, Sie sind wirklich zu nett!«, hörte Waterville sie sagen.

Er wandte sich zum Gehen, da seine Aufgabe erledigt war, doch der junge Engländer, der seine Mutter allem Anschein nach der Umarmung, wie man es inzwischen nennen musste, ihrer Gastgeberin ausgeliefert hatte, hielt ihn sogleich mit einer freundlichen Geste auf. »Ich werde Sie wohl nicht wiedersehen – ich verreise.«

»Nun, dann auf Wiedersehen«, sagte Waterville. »Sie kehren nach England zurück?«

»Nein, ich reise mit meiner Mutter nach Cannes.«

»Sie bleiben in Cannes?«

»Höchstwahrscheinlich bis Weihnachten.«

Die Damen waren, begleitet von Mr. Max, im Hotel verschwunden, und Waterville verließ seinen Gesprächspartner bald darauf. Im Fortgehen lächelte er bei dem Gedanken, dass dieser Gentleman seiner Mutter ein Zugeständnis nur hatte abringen können, indem er ihr seinerseits ein Zugeständnis machte.

Am nächsten Morgen besuchte er Littlemore, bei dem er zum Frühstück jederzeit willkommen war und der wie immer seine Zigarre rauchte und ein Dutzend Zeitungen durchblätterte. Littlemore bewohnte ein großes Appartement und hatte eine vorzügliche Köchin; er stand spät auf, wanderte den ganzen Vormittag in seinem Zimmer umher und blieb ab und an stehen, um aus seinem Fenster zu sehen, das auf die Place de la Madeleine hinausging. Sie saßen noch nicht lang am Frühstückstisch, als Waterville fallenließ, dass Mrs. Headway bald von Sir Arthur, der nach Cannes reise, verlassen werde.

»Das ist mir nicht neu«, sagte Littlemore. »Er kam gestern Abend, um sich zu verabschieden.«

»Um sich zu verabschieden? Er ist aber plötzlich sehr höflich geworden.«

»Er kam nicht aus Höflichkeit, sondern aus Neugier. Hier zu Abend zu essen gab ihm einen Vorwand, mich aufzusuchen.«

»Ich hoffe, seine Neugier wurde befriedigt«, bemerkte Waterville wie jemand, der diese Leidenschaft nachfühlen kann.

Littlemore zögerte. »Vermutlich nicht. Er blieb recht lange, wobei wir über alles Mögliche sprachen, nur nicht über das, was er hören wollte.«

»Was wollte er denn herausfinden?«

»Ob ich etwas weiß, was gegen Nancy Beck spricht.«

Waterville machte große Augen. »Nannte er sie Nancy Beck?«

»Wir haben sie mit keiner Silbe erwähnt, aber ich begriff, was er beabsichtigte und dass er von mir erwartete, über sie zu sprechen – aber das tat ich nicht.«

»Ach, der Arme!«, murmelte Waterville.

»Ich verstehe nicht, warum Sie ihn bemitleiden«, sagte Littlemore. »Niemand hatte je Mitleid mit Mrs. Becks Verehrern.«

»Nun, er will sie gewiss heiraten.«

»Soll er doch. Ich habe dazu nichts zu sagen.«

»Er glaubt, dass es in ihrer Vergangenheit etwas gibt, woran man schwer zu schlucken hat.«

»Dann soll er es sein lassen.«

»Wie kann er das tun, wenn er in sie verliebt ist?«, fragte Waterville wie jemand, der auch das nachfühlen kann.

»Ach, mein lieber Freund, er muss das selbst regeln. Jedenfalls hat er kein Recht, mir solch eine Frage zu stellen. Es gab da einen Moment, kurz bevor er ging, als es ihm förmlich auf der Zunge lag. Er stand hier in der Tür, er konnte sich nicht losreißen – er war kurz davor, zu platzen. Er sah mir direkt in die Augen, und ich erwiderte den Blick; so verharrten wir bald eine gute Minute. Dann beschloss er, sich im Zaum zu halten, und brach auf.«

Waterville lauschte der knappen Schilderung mit gespannter Aufmerksamkeit. »Und wenn er Sie gefragt hätte, was hätten Sie geantwortet?«

»Was denken Sie?«

»Nun, ich vermute, Sie hätten gesagt, seine Frage sei unredlich.«

»Dann hätte ich auch gleich das Schlimmste einräumen können.«

»Ja«, sagte Waterville nachdenklich, »das hätten Sie nicht entgegnen können. Andererseits, wenn er Sie bei Ihrer Ehre gefragt hätte, ob sie eine Frau zum Heiraten sei, dann wäre es unangenehm geworden.«

»Das kann man wohl sagen. Glücklicherweise hat er keinerlei Recht, an meine Ehre zu appellieren. Ferner ist zwischen uns nichts vorgefallen, was ihm gestatten würde, mir Fragen über Mrs. Headway zu stellen. Da ich eng mit ihr befreundet bin, kann er nicht so tun, als erwarte er, dass ich vertrauliche Informationen über sie preisgebe.«

»Sie glauben trotzdem nicht, dass sie eine Frau ist, die man heiraten kann«, behauptete Waterville. »Und wenn Ihnen ein Mann diese Frage stellen würde, könnten Sie ihn womöglich niederschlagen, aber eine Antwort wäre das nicht.«

»Es dürfte seinen Zweck erfüllen«, sagte Littlemore. Kurz darauf fügte er hinzu: »In bestimmten Fällen ist ein Mann dazu verpflichtet, einen Meineid zu leisten.«

Waterville blickte ernst drein. »In bestimmten Fällen?«

»Wenn die Ehre einer Frau auf dem Spiel steht.«

»Ich verstehe. Außer natürlich, wenn er selbst betroffen ist …«

»Er oder ein anderer. Das macht keinen Unterschied.«

»Ich denke schon. Meineide gefallen mir nicht«, sagte Waterville. »Es ist eine heikle Frage.«

Sie wurden von dem Diener unterbrochen, der den zweiten Gang auftrug, und Littlemore frohlockte, als er sich bediente. »Es wäre ein Witz, sie mit diesem höheren Wesen vermählt zu sehen!«

»Es wäre eine große Verantwortung.«

»Verantwortung hin oder her, es wäre sehr amüsant.«

»Sie wollen ihr also helfen?«

»Gott behüte! Aber ich wette auf sie.«

Waterville warf seinem Freund einen ernsten Blick zu, er hielt ihn für merkwürdig oberflächlich. Die Situation war allerdings kompliziert, und er legte mit einem kleinen Seufzer die Gabel hin.

# 6

Die Osterferien waren in jenem Jahr ungewöhnlich schön; mildes, fahles Sonnenlicht half dem Frühling voranzukommen. Die hohen, dichten, von Primelrabatten umgebenen Hecken in Warwickshire ähnelten Mauern aus Hagedorn, und die herrlichsten Bäume Englands, die so regelmäßig sprossen, als folgten sie konservativen Prinzipien, begannen sich mit einer Art grünem Flaum zu bedecken. Rupert Waterville, der sich in der Gesandtschaft seinen Pflichten widmete und brav seiner Arbeit nachging, hatte nur wenig Zeit gehabt, jene ländliche Gastfreundschaft zu genießen, die zu den bedeutenden Errungenschaften der Engländer zählt und den vollkommensten Ausdruck ihrer Wesensart darstellt. Er war zuweilen eingeladen worden, hatte er sich doch in London vielen Personen als ein sehr vernünftiger junger Mann empfohlen, war jedoch gezwungen gewesen, mehr Einladungen abzulehnen, als anzunehmen. Deshalb war es für ihn noch immer eine weitgehend neue Erfahrung, zu Gast zu sein in einem dieser schönen alten, von etlichen Morgen Erbland umgebenen Häuser, an die er seit seiner Ankunft in England mit solcher Neugier und solchem Neid gedacht hatte. Er nahm sich vor, so viele wie möglich zu besichtigen, wollte das aber nicht hastig tun oder wenn er sich gerade mit anderen Dingen beschäftigte, die er für wichtige geschäftliche Angelegenheiten hielt, was nicht selten der Fall war. Er hob sich die Landhäuser für später auf; er würde sie nacheinander abklappern, wenn er London ein bisschen besser kennengelernt haben würde. Die Einladung nach Longlands hatte er jedoch, ohne zu zögern, angenommen; sie hatte ihn mittels einer schlichten und vertraulichen Nachricht von Lady Demesne erreicht, mit der er nicht persönlich bekannt war. Er wusste, dass sie aus Cannes zurückgekehrt war, wo sie den ganzen Winter verbracht hatte, worüber er in der Sonntagszeitung gelesen hatte; dennoch erstaunte es ihn einigermaßen, dass sie ihn in einem derart familiären Ton einlud. »Lieber Mr. Waterville«, schrieb sie, »mein Sohn sagt mir, dass es Ihnen vielleicht möglich wäre, uns hier am 17. zu besuchen und zwei, drei Tage zu bleiben. Wir würden uns sehr freuen, wenn Sie Zeit hätten. Wir können Ihnen versprechen, dass Ihre bezaubernde Landsmännin Mrs. Headway ebenfalls zugegen sein wird.«

Er hatte Mrs. Headway getroffen; sie hatte ihm vierzehn Tage zuvor aus einem Hotel in der Cork Street geschrieben, um ihm mitzuteilen, dass sie für die Saison in London eingetroffen sei und sehr glücklich wäre, ihn zu sehen. Er hatte sie besucht, zitternd vor Angst, dass sie wieder auf ihren Wunsch zurückkommen würde, in die Gesellschaft eingeführt zu werden; er stellte jedoch freudig fest, dass sie das Thema mied. Sie hatte den Winter in Rom verbracht und war dann direkt von dort mit nur einem kurzen Zwischenhalt in Paris, um ein paar neue Kleider zu kaufen, nach England gereist. Rom, wo sie viele Freunde gefunden hätte, habe ihr sehr gefallen; sie versicherte ihm, die Hälfte der römischen Aristokraten zu kennen. »Es sind charmante Leute; sie haben nur einen Fehler – sie bleiben zu lange«, sagte sie. Und, auf seinen fragenden Blick reagierend: »Ich meine, wenn sie einen besuchen«, erklärte sie. »Sie kamen jeden Abend und wollten bis zum nächsten Tag bleiben. Sie waren allesamt Fürsten und Grafen. Ich gab ihnen Zigarren und dergleichen. Ich lernte so viele Leute kennen, wie es mir gefiel«, fügte sie kurz darauf hinzu, da sie in Watervilles Blick möglicherweise die Spuren jener Sympathie entdeckte, mit der er sechs Monate zuvor dem Bericht ihrer New Yorker Niederlage gelauscht hatte. »Es waren jede Menge Engländer dort; ich lernte alle kennen und beabsichtige, sie hier zu besuchen. Die Amerikaner warteten ab, um zu sehen, wie sich die Engländer verhielten, und dann das Gegenteil zu tun. So sind mir zum Glück ein paar Prachtexemplare erspart geblieben. Einige schreckliche Leute halten sich da auf, wissen Sie. Außerdem zählt in Rom die Gesellschaft nichts, wenn man Gefallen an Ruinen und der Campagna findet; mir hat die Campagna ganz ausgezeichnet gefallen. Ich bin immerzu in irgendeinem modrigen alten Tempel herumflaniert. Es erinnerte mich sehr an die Gegend rund um San Diego – die Tempel natürlich ausgenommen. Beim Umherfahren konnte ich gut über alles nachdenken, ich habe ständig über die Vergangenheit gegrübelt.«

In diesem Moment ließ Mrs. Headway jedoch die Vergangenheit hinter sich, sie war bereit, sich ganz und gar der Gegenwart zu widmen. Sie wollte von Waterville erfahren, wie sie leben, was sie tun sollte. Sollte sie in einem Hotel wohnen oder ein Haus mieten? Sie halte ein Haus für besser, falls sich ein hübsches finden ließe. Max wollte sich nach einem umsehen, sie sei sich aber nicht sicher gewesen, habe es ihm dann doch erlaubt; in Rom habe er ein so schönes für sie aufgetan. Sie sagte nichts über Sir Arthur Demesne, der, so schien es Waterville, ihr naheliegender Berater und Gönner hätte sein sollen; er fragte sich, ob ihre Beziehung mit dem Baronet ein Ende gefunden hatte. Waterville war ihm seit Beginn der Parlamentssitzungen einige Male begegnet, und sie hatten einige Worte gewechselt, allerdings kein einziges über Mrs. Headway. Waterville war kurz nach dem Zwischenfall, den er im Hof des Hôtel Meurice beobachtet hatte, zurück nach London gerufen worden, und alles, was er über die Konsequenzen dessen wusste, hatte er von Littlemore erfahren, der auf der Rückreise nach Amerika, wo er aufgrund unerwarteter Umstände den Winter verbringen wollte, in der britischen Hauptstadt Station gemacht hatte. Von Littlemore war berichtet worden, dass Mrs. Headway von Lady Demesne ganz entzückt gewesen sei und keine Worte gefunden habe, ihre Freundlichkeit und Liebenswürdigkeit zu preisen. »Sie sagte mir, sie mache gern die Bekanntschaft der Freundinnen ihres Sohnes, und ich sagte ihr, ich würde gern die Mütter meiner Freunde kennenlernen«, hatte Mrs. Headway wiedergegeben. »Es würde mir nichts ausmachen, alt zu sein, wenn ich so wäre wie sie«, hatte sie ergänzt, vorübergehend vergessend, dass sie dem Alter der Mutter gar nicht so fern war. Jedenfalls hatten sich Mutter und Sohn nach Cannes zurückgezogen, und in diesem Moment hatte Littlemore Briefe von zu Hause erhalten, die ihn veranlassten, nach Arizona aufzubrechen. Mrs. Headway war also sich selbst überlassen, und er hatte befürchtet, dass sie sich langweilen würde, obwohl Mrs. Bagshaw sie besucht hatte. Im November war sie nach Italien gereist, aber nicht über Cannes.

»Was wird sie Ihrer Meinung nach in Rom anfangen?«, hatte Waterville gefragt; er konnte es sich nicht recht vorstellen, da er noch nicht über die sieben Hügel spaziert war.

»Ich weiß es wirklich nicht. Und es ist mir egal!«, fügte Littlemore kurz darauf hinzu. Bevor er London verließ, erwähnte er gegenüber Waterville, dass Mrs. Headway, als er sich in Paris von ihr verabschiedet hatte, ihn erneut ziemlich unerwartet überfallen habe. »Wegen dieser Gesellschaftssache, sagte sie, müsse ich wirklich etwas unternehmen, so könne sie nicht weitermachen. Und sie bat mich im Namen … Ich weiß nicht recht, wie ich es ausdrücken soll.«

»Ich würde mich sehr freuen, wenn Sie es versuchen wollten«, sagte Waterville, der sich ständig einredete, dass Amerikaner in Europa für einen Mann in seiner Position letztlich etwas Ähnliches waren wie Schafe für den Schäfer.

»Nun, im Namen der Zuneigung, die wir früher füreinander empfunden haben.«

»Zuneigung?«

»Sie war gnädig genug, es so zu bezeichnen. Aber ich leugne alles. Wenn man für jede Frau eine Zuneigung entwickeln würde, mit der man irgendwann einmal ein paar Abende verbracht hat …!« Und Littlemore schwieg, ohne das Resultat einer solchen Verpflichtung zu erläutern. Waterville versuchte es sich vorzustellen; sein Freund brach derweil nach New York auf, ohne ihm erzählt zu haben, wie er den Überfall Mrs. Headways denn nun abgewehrt hatte.

Zu Weihnachten erfuhr Waterville von Sir Arthurs Rückkehr nach England und glaubte zu wissen, dass der Baronet nicht nach Rom gereist war. Er hegte die Vermutung, dass Lady Demesne eine sehr kluge Frau war – klug genug, ihren Sohn dazu zu bringen, zu tun, was sie wollte, und es dabei für seine eigene Entscheidung zu halten. Sie war diplomatisch und entgegenkommend gewesen, als sie Mrs. Headway besuchte; doch nachdem sie sie getroffen und beurteilt hatte, war sie entschlossen, die Sache zu beenden. Sie hatte sich liebenswürdig und freundlich gezeigt, wie Mrs. Headway erzählt hatte, weil es für den Moment das Einfachste war, doch ihr erster Besuch war auch ihr letzter. Sie hatte sich liebenswürdig und freundlich gezeigt, aber eine versteinerte Miene aufgesetzt, und falls die arme Mrs. Headway, die für die Saison nach London gereist war, erwartete, vage Versprechungen eingelöst zu sehen, dann würde sie von der Bitterkeit zerstörter Hoffnungen kosten können. Er hatte sich überlegt, dass er zwar ein Schäfer und Mrs. Headway eines seiner Schäfchen war, es aber momentan nicht zu seinen Pflichten gehörte, ihr nachzulaufen, insbesondere da man darauf vertrauen konnte, dass sie nicht allzu weit weggehen würde. Er traf sie ein zweites Mal, und sie erwähnte Sir Arthur noch immer mit keiner Silbe. Waterville, der stets seine Theorien hatte, sagte sich, dass sie wartete und der Baronet nicht aufgekreuzt war. Außerdem bezog sie gerade ein Haus; ihr Cicerone hatte eines für sie in der Chesterfield Street, Mayfair, gefunden, ein kleines Schmuckstück, das sie ebenso viel kostete wie Juwelen. Nach alldem war Waterville verblüfft über Lady Demesnes Nachricht, und er begab sich mit fast derselben Ungeduld nach Longlands, mit der er in Paris die Premiere einer neuen Komödie besucht hätte, wenn es ihm denn gestattet gewesen wäre. Er kam sich vor, als hätte er durch einen glücklichen Zufall ein *billet d'auteur* erhalten.

Es war ihm angenehm, am Ende des Tages einem englischen Landhaus zuzustreben. Ihm gefiel die Fahrt vom Bahnhof in der Dämmerung, der Anblick der Felder, Haine und Bauernhäuser, undeutlich und verlassen im Unterschied zu seinem klaren, hell erleuchteten Ziel; der Klang der Kutschenräder auf dem langen, kurvenreichen Zufahrtsweg, der sich dahinschlängelte, ohne ihn näher an das heranzubringen, was er schließlich doch erreichte – die weite graue Fassade mit einzelnen beleuchteten Fenstern und der fest geschotterten Auffahrt bis vor die Haustür. Die Fassade von Longlands, die diesen nüchternen Eindruck machte, wirkte grandios und pompös; sie wurde dem Genie Sir Christopher Wrens zugeschrieben. Es gab Flügel, die im Halbkreis nach vorn ragten, mit Statuen, die in Abständen auf dem Sims standen, so dass das Gebäude im schmeichelhaften Zwielicht einem italienischen Palast glich, der wie von Zauberhand in einen englischen Park versetzt worden war. Waterville hatte einen späten Zug genommen, weshalb ihm nur zwanzig Minuten zum Umkleiden für das Abendessen blieben. Er bildete sich einiges darauf ein, die Kunst zu beherrschen, sich sowohl schnell als auch gut anzuziehen, doch ließ ihm diese Aktion keine Zeit, sich zu erkundigen, ob das ihm zugeteilte Zimmer der Würde eines Legationssekretärs entsprach. Als er den Raum verließ, stellte er fest, dass ein Botschafter im Hause anwesend war, und diese Entdeckung setzte seinen nervösen Grübeleien ein Ende. Er nahm stillschweigend an, dass er ein besseres Zimmer bekommen hätte, wenn der Botschafter nicht da gewesen wäre, dem natürlich der Vorrang gebührte. Das große, prachtvolle Haus erinnerte an das letzte Jahrhundert und an eine ausländische Vorliebe für helle Farben, hohe, gewölbte Decken mit verblassten mythologischen Fresken, vergoldete, von altfranzösischer Täfelung überragte Türen, ausgebleichte Wandteppiche und feine Damastvorhänge, Sammlungen alten Porzellans, aus denen große Vasen mit rosa Rosen besonders herausstachen. Die Hausgäste hatten sich zum Dinner in dem großen Saal eingefunden, der von einem Feuer aus dicken Holzscheiten belebt wurde, und die Gesellschaft war so zahlreich, dass Waterville befürchtete, er sei als Letzter erschienen. Lady Demesne schenkte ihm ein Lächeln und eine flüchtige Berührung; sie ruhte in sich, und ohne etwas Besonderes zu sagen, behandelte sie ihn, als wäre er ein altbekannter Hausgast. Waterville wusste nicht recht, ob ihm das gefiel oder ob er es hasste, doch diese Alternativen scherten die Gastgeberin gleichermaßen wenig, die ihre Besucher ansah, als würde sie eine Anwesenheitsliste prüfen. Der Hausherr unterhielt sich vor dem Kamin mit einer Dame; als er Waterville auf der anderen Seite des Saals erblickte, winkte er ihm freundlich zu, als wäre er entzückt, ihn zu sehen. In Paris hatte er nie diesen Eindruck erweckt, und Waterville erhielt die Gelegenheit, zu beobachten, wovon er oft gehört hatte, dass die Engländer in ihren Landhäusern viel vorteilhafter erscheinen. Lady Demesne wandte sich ihm erneut zu mit einem vagen Lächeln, das wie ein Allzwecklächeln aussah.

»Wir warten auf Mrs. Headway«, sagte sie.

»Ist sie schon eingetroffen?« Waterville hatte sie ganz vergessen.

»Sie kam um halb sechs. Um sechs ist sie zum Umkleiden gegangen, vor zwei Stunden.«

»Hoffen wir, dass das Ergebnis entsprechend ausfällt«, sagte Waterville lächelnd.

»Ach, das Ergebnis, ich weiß nicht«, murmelte Lady Demesne, ohne ihn anzusehen, und in diesen schlichten Worten fand Waterville die Bestätigung, dass sie ein Doppelspiel trieb. Er fragte sich, ob er beim Essen neben Mrs. Headway sitzen würde, und hoffte mit angemessener Hochachtung vor den Reizen jener Dame, dass ihm etwas Überraschenderes vergönnt wäre. Das Ergebnis des Ankleidens, das sie zwei Stunden in die Länge gezogen hatte, zeigte sich bald. Sie erschien auf der Treppe, die in den Saal führte und die ihr für die Dauer von drei Minuten, als sie ziemlich langsam zu den Sterblichen hinabstieg, einen bemerkenswerten Auftritt verschaffte. Waterville spürte, als er sie betrachtete, welch wichtiger Moment das für sie war: Es war im Grunde ihr Eintritt in die englische Gesellschaft. Mrs. Headway trat vorzüglich ein in die englische Gesellschaft mit ihrem bezaubernden Lächeln auf den Lippen und die Trophäen aus der Rue de la Paix hinter sich herschleifend. Beim Gehen erzeugte sie ein auffälliges Rascheln. Die Gäste richteten ihre Blicke auf sie; die Gespräche wurden bald merklich leiser, obwohl sie vorher nicht sonderlich laut gewesen waren. Sie wirkte sehr einsam, und es war ziemlich anmaßend von ihr, als Letzte zu erscheinen, obwohl sie sich vielleicht nur deshalb verspätet hatte, weil ihr Spiegelbild nichts zeigte, was sie zufriedenstellte.

Denn offenkundig bemerkte sie, wie wichtig der Anlass war, und Waterville war davon überzeugt, dass sie Herzklopfen hatte. Sie hielt sich jedoch sehr tapfer; sie lächelte umso herzlicher und trat auf wie eine Frau, die daran gewöhnt ist, dass man sie ansieht. Zumindest half ihr das Wissen um ihre Schönheit, denn ihre Schönheit wurde dem Anlass vollauf gerecht, und ihre Entschlossenheit, erfolgreich zu sein, die ihr eine gewisse Härte hätte verleihen können, wurde von dem tugendhaften Bewusstsein verschleiert, dass sie nichts vernachlässigt hatte. Lady Demesne trat vor, um sie zu begrüßen; Sir Arthur schenkte ihr keine Beachtung, und kurz darauf begab sich Waterville mit der Frau eines Geistlichen zu Tisch, die ihm Lady Demesne zu diesem Zweck vorgestellt hatte, als der Saal fast leer war. Den Rang dieses Geistlichen in der Kirchenhierarchie erfuhr er am nächsten Tag, doch in der Zwischenzeit kam es ihm merkwürdig vor, dass Englands Geistliche Ehefrauen hatten. Das englische Leben steckte sogar am Ende des Jahres noch voll solcher Überraschungen. Für die Dame gab es indes eine einleuchtende Erklärung; sie war keineswegs eine groteske Ausnahme, und es hätte keiner Reformation bedurft, um sie hervorzubringen. Sie hieß Mrs. April; in einen großen Spitzenschal gehüllt, zog sie beim Essen nur einen Handschuh aus, und der andere weckte bei Waterville zuweilen den Eindruck, als wäre das ganze Abendessen trotz seiner herrlichen Vollständigkeit eher eine Art Picknick. Mrs. Headway saß ihm schräg gegenüber; sie war, wie er von seiner Tischnachbarin erfuhr, von einem General hereinbegleitet worden, einem Gentleman mit schmalem Adlergesicht und einem gepflegten Backenbart, und zu ihrer anderen Seite saß ein eleganter junger Mann, dessen Identität unklar war. Der arme Sir Arthur saß zwischen zwei wesentlich älteren Damen, deren geschichtsträchtige Namen Waterville oft gehört und mit romantischeren Personen verbunden hatte. Mrs. Headway begrüßte Waterville nicht; sie hatte ihn offenbar nicht gesehen, bis sie ihren Platz am Tisch eingenommen hatten, und dann starrte sie ihn nur mit einem derart überraschten Gesichtsausdruck an, dass vorübergehend fast ihr Lächeln erlosch. Es war ein üppiges und wohlgeordnetes Bankett, doch als Waterville die Runde betrachtete, fragte er sich, ob einige der Anwesenden nicht etwas langweilig wären. Bei dieser Überlegung wurde ihm bewusst, dass er die Angelegenheit eher aus der Perspektive Mrs. Headways beurteilte als aus seiner eigenen. Er kannte niemanden außer Mrs. April, die ihm in einem fast mütterlichen Verlangen, ihn mit Informationen zu versorgen, die Namen vieler anderer Gäste nannte; er hingegen erklärte ihr, dass er nicht zu jener Schar gehöre. Mrs. Headway kam mit ihrem General ausgezeichnet zurecht; Waterville beobachtete sie öfter, als es den Anschein hatte, und merkte, dass der offensichtlich ziemlich kaltblütige General ihr die Zunge lockerte. Waterville hoffte, dass sie vorsichtig blieb. Auf seine Art war er ein Mann mit lebhafter Phantasie, und als er sie mit dem Rest der Gesellschaft verglich, sagte er sich, dass sie eine sehr mutige kleine Frau sei und ihr gegenwärtiges Unternehmen etwas Heroisches an sich habe. Sie stand allein gegen viele, und die Reihen ihrer Gegner waren dicht geschlossen; jene, die anwesend waren, repräsentierten Tausende andere. Sie unterschieden sich derart stark von ihr, dass im Spiegel der Vorstellungskraft ihre Vorzüge umso deutlicher zutage traten. Alle diese Menschen wirkten so makellos herausgeputzt, als würden sie keine Mühen kennen und als wären sie von lauter Dingen umgeben, auf die sie sich verlassen konnten; die Männer mit ihren sauberen Mienen, ihren wohlgeformten Kiefern, ihren kalten, freundlichen Augen, ihren zurückgezogenen Schultern, ihren ausdruckslosen Bewegungen; die Frauen, einige sehr hübsch, halb erdrosselt von Perlenketten, mit akkurat geformten Locken und glasigen Blicken, wahrten Stillschweigen, als wäre es so vorteilhaft wie Kerzenlicht, und doch sprachen sie gelegentlich mit frischen, klangvollen Stimmen. Sie waren allesamt in eine Gemeinschaft aus Ideen und Traditionen eingebunden; sie verstanden einander in ihren Betonungen mitsamt allen Variationen. Mrs. Headway schien bei all ihrer Schönheit über diesen Variationen zu stehen; sie wirkte fremd, überkandidelt; sie besaß zu viel Ausdruckskraft; es war, als hätte man sie für diesen Abend engagiert. Zudem stellte Waterville fest, dass die englische Gesellschaft immer auf Belustigung aus war und ihre Beziehungen mittels Bargeld geregelt wurden. Sollte sich Mrs. Headway als hinreichend amüsant erweisen, würde sie wahrscheinlich Erfolg haben, und ihr Vermögen – falls sie denn eins besaß – wäre kein Hindernis.

Nach dem Dinner ging er im Salon auf sie zu, sie aber grüßte ihn nicht. Sie musterte ihn lediglich mit einem Ausdruck, den er nie zuvor gesehen hatte – einem seltsamen, dreisten Ausdruck von Missvergnügen.

»Warum sind Sie hergekommen?«, fragte sie. »Sind Sie hier, um mich auszuspionieren?«

Waterville errötete bis in die Haarspitzen. Er wusste, wie schrecklich unpassend das für einen Diplomaten war, doch er konnte es einfach nicht kontrollieren. Außerdem war er schockiert, er war wütend und noch dazu ratlos. »Ich bin hier, weil ich eingeladen wurde«, sagte er.

»Wer hat Sie eingeladen?«

»Vermutlich dieselbe Person, die Sie eingeladen hat – Lady Demesne.«

»Diese alte Hexe!«, rief Mrs. Headway und wandte sich ab.

Auch er wandte sich von ihr ab. Er wusste nicht, was er getan hatte, um eine solche Behandlung zu verdienen. Es kam völlig überraschend; so hatte er sie noch nie erlebt. Sie war eine äußerst vulgäre Frau; er nahm an, dass die Leute in San Diego so sprachen. Er stürzte sich fast leidenschaftlich in die Konversation mit den anderen Gästen, die ihm, wahrscheinlich im Gegensatz zu ihr, allesamt außergewöhnlich herzlich und freundlich vorkamen. Ihm war jedoch nicht die Genugtuung vergönnt, Mrs. Headway für ihre Grobheit bestraft zu sehen. Man vernachlässigte sie nicht im Geringsten, im Gegenteil, in dem Teil des Zimmers, in dem sie saß, war die Traube dichter, und hin und wieder erschallte von dort einmütiges Gelächter. Wenn sie sie amüsiert, sagte er sich, wird sie Erfolg haben, und sie amüsierte sie offensichtlich.

# 7

$F$alls sie sich merkwürdig verhielt, sollte er noch merkwürdigere Seiten an ihr entdecken. Der nächste Tag war ein Sonntag und das Wetter ungewöhnlich schön; er war vor dem Frühstück hinuntergegangen, machte einen Spaziergang im

Park, blieb stehen, um das stelzbeinige Wild zu betrachten, das wie Nadeln auf einem Samtkissen auf einigen der entfernteren Hänge verstreut stand, und wanderte am Ufer eines großen Zierteichs entlang, in dessen Mitte sich eine Insel mit der Nachbildung des Tempels der Vesta befand. Inzwischen dachte er nicht mehr an Mrs. Headway, sondern überlegte lediglich, dass diese prächtigen Anlagen seit mehr als hundert Jahren den Hintergrund für unzählige Familiendramen abgegeben hatten. Hätte er noch etwas gründlicher darüber nachgedacht, wäre ihm vielleicht eingefallen, dass Mrs. Headway in einer Familiengeschichte möglicherweise ein Ereignis von gewisser Bedeutung darstellen könnte. Zwei, drei Damen fehlten beim Frühstück, unter ihnen Mrs. Headway.

»Sie hat mir erzählt, dass sie ihr Zimmer nie vor Mittag verlässt«, hörte er Lady Demesne zu dem General sagen, dem Tischnachbarn vom Vorabend, der nach ihr gefragt hatte. »Sie benötigt drei Stunden zum Ankleiden.«

»Sie ist eine ungeheuer gescheite Frau!«, rief der General.

»Weil sie zum Ankleiden drei Stunden braucht?«

»Nein, ich meine ihre Schlagfertigkeit.«

»Ja, ich halte sie für sehr gescheit«, sagte Lady Demesne, und Waterville bildete sich ein, aus ihrem Tonfall mehr Bedeutung herauslesen zu können als der General. Da war etwas an dieser großen, aufrechten, besonnenen Frau, die gleichzeitig gütig und distanziert wirkte, was Waterville bewunderte. Trotz ihrer äußerlichen Zartheit und ihrer konventionellen Sanftmut konnte er erkennen, dass sie sehr stark war; sie hatte sich bis zum Äußersten in Geduld geübt und trug diese Tugend wie ein Diadem. Sie hatte Waterville nur wenig zu sagen, doch hin und wieder stellte sie ihm eine Frage, die bewies, dass sie ihn nicht vergessen hatte. Arthur Demesne war augenscheinlich in bester Laune, obwohl er sich keineswegs geschäftig zeigte, sondern nur umherging und dabei so frisch und froh aussah, als nehme er alle paar Stunden ein Bad und wäre gegen alle Unwägbarkeiten gewappnet. Waterville hatte weniger oft mit ihm gesprochen als mit der Mutter, doch der junge Mann hatte am Abend zuvor eine Gelegenheit gefunden, ihm im Raucherzimmer zu sagen, er sei entzückt, dass Waterville habe kommen können, und wenn ihm die echte englische Landschaft gefiele, wollte er ihm gern Verschiedenes zeigen.

»Schenken Sie mir ein, zwei Stunden Ihrer Zeit, bevor Sie gehen; ich bin davon überzeugt, dass es etliches gibt, was Ihnen gefallen wird.«

Sir Arthur sprach, als wäre Waterville überaus anspruchsvoll; es schien, als wollte er ihm eine nebulöse Wichtigkeit beimessen. Am Sonntagmorgen nach dem Frühstück fragte er Waterville, ob er in die Kirche zu gehen beabsichtige; die meisten Damen und einige der Herren hätten das vor. »Ganz nach Ihrem Belieben; es ist ein recht schöner Spaziergang über die Felder, und die kuriose kleine Kirche stammt aus der Zeit von König Stephan.«

Waterville wusste, was das bedeutete; es stand ihm klar vor Augen. Außerdem ging er gern in die Kirche, insbesondere wenn er in der Gutsherrenbankreihe sitzen durfte, die manchmal so groß wie ein Boudoir war. Er antwortete also, er wäre entzückt. Dann fügte er hinzu, ohne einen Grund dafür anzugeben: »Kommt Mrs. Headway mit?«

»Das kann ich Ihnen wirklich nicht sagen«, erwiderte sein

Gastgeber in einem plötzlich veränderten Ton – als hätte Waterville ihn gefragt, ob die Haushälterin mitkomme.

Die Engländer sind furchtbar verschroben! Waterville gönnte sich im Geiste diesen Ausruf, zu dem er seit der Ankunft in England immer wieder seine Zuflucht nahm, wann immer sich vor ihm eine Lücke in der Logik auftat. Die Kirche war sogar noch malerischer als Sir Arthurs Beschreibung, und Waterville sagte sich, dass es sehr töricht von Mrs. Headway gewesen sei, nicht mitzukommen. Er wusste, worauf sie es abgesehen hatte; sie wollte den englischen Lebensstil studieren und ihn sich aneignen, und wenn sie inmitten einer Schar knicksender Bauern eingetreten wäre, um zwischen den Denkmälern der alten Demesnes zu sitzen, hätte sie so einiges darüber erfahren können. Falls sie sich für den Kampf wappnen wollte, hätte sie lieber die alte Kirche besuchen sollen. Als er Longlands wieder erreichte – er war mit der Frau des Stiftsherrn, die äußerst gut zu Fuß war, über die Felder zurückgewandert –, hatte er noch eine halbe Stunde bis zum Mittagessen und wollte sie nur ungern im Haus zubringen. Es fiel ihm ein, dass er die Gärten noch nicht besichtigt hatte, und so machte er sich auf, sie zu suchen. Sie waren derart ausgedehnt, dass er sie mühelos fand, und sie machten den Eindruck, als hätte man sie ein, zwei Jahrhunderte unablässig gepflegt. Er war noch nicht weit jenseits ihrer blühenden Grenzen vorgedrungen, als er eine Stimme vernahm, die er erkannte, und kurz darauf, an einer Wegbiegung, stieß er auf Mrs. Headway, die von dem Herrn von Longlands begleitet wurde. Sie trug keinen Hut, aber einen Sonnenschirm, den sie nach hinten schob, als sie ihren Landsmann erblickte und abrupt innehielt.

»Ach, es ist Mr. Waterville, um mir wie gewöhnlich nachzuspionieren!« Mit dieser Bemerkung begrüßte sie den etwas verlegenen jungen Mann.

»Hallo! Sie sind zurück vom Kirchgang«, sagte Sir Arthur und zückte seine Taschenuhr.

Waterville staunte über dessen Gelassenheit. Er bewunderte sie, denn schließlich, so meinte er, musste es unangenehm für ihn gewesen sein, gestört zu werden. Er kam sich ein wenig tölpelhaft vor und wünschte, er wäre immer noch in Begleitung von Mrs. April, um den Eindruck zu erwecken, er sei ihretwegen hergekommen.

Mrs. Headway sah bewundernswert aus, in einem Kleid, das Waterville, der seine eigenen Ansichten in derlei Angelegenheiten hatte, als eindeutig unpassend für einen Sonntagmorgen in einem englischen Landhaus ansah: ein Negligé aus weißen Volants und Rüschen, durchsetzt mit gelben Bändchen – ein Gewand, das Madame de Pompadour getragen haben mochte, wenn Louis XV. ihr einen Besuch abstattete, nicht aber wenn sie sich in der Öffentlichkeit zeigte. Der Anblick dieser Kostümierung bestätigte endgültig Watervilles Eindruck, Mrs. Headway wisse im Großen und Ganzen, woran sie war. Sie würde ihre eigenen Grenzen ziehen und nicht allzu entgegenkommend sein. Sie würde nicht zum Frühstück herunterkommen; sie würde nicht in die Kirche gehen; sie würde am Sonntagmorgen kunstvoll legere Kleidchen tragen und fürchterlich unbritisch und unprotestantisch aussehen. Vielleicht war es letztlich besser so. Sie begann mit einer gewissen Redseligkeit zu sprechen.

»Ist das nicht zauberhaft? Ich habe den ganzen Weg zu Fuß zurückgelegt. Ich bin keine große Spaziergängerin, aber das

Gras hier ist wie ein Wohnzimmer. Das alles ist unvergleichlich. Sir Arthur, Sie sollten gehen und sich um den Botschafter kümmern; es ist eine Schande, dass ich Sie so lange aufgehalten habe. Der Botschafter interessiert Sie nicht? Sie sagten doch eben, Sie hätten kaum mit ihm gesprochen und müssten das wiedergutmachen. Ich habe noch nie erlebt, dass jemand seine Gäste so vernachlässigt. Ist das hier üblich? Gehen Sie, reiten Sie mit ihm aus oder spielen Sie mit ihm Billard. Mr. Waterville wird mich zurückbegleiten; außerdem möchte ich ihn ausschimpfen, weil er mir nachspioniert.«

Waterville wies die Anschuldigung schroff zurück. »Ich hatte keine Ahnung, dass Sie hier sind«, verkündete er.

»Wir haben uns nicht versteckt«, sagte Sir Arthur leise. »Vielleicht könnten Sie Mrs. Headway zurück zum Haus begleiten? Ich sollte wirklich nach dem alten Davidow sehen. Mittagessen wird wohl um zwei serviert.«

Er verließ sie, und Waterville schlenderte mit Mrs. Headway durch die Gärten. Sie wollte sofort wissen, ob er hergekommen sei, um sich um sie zu kümmern, doch zu seinem Erstaunen äußerte sie die Frage mit derselben Bitterkeit, wie sie sie am Abend zuvor gezeigt hatte. Er war jedoch entschlossen, das nicht einfach hinzunehmen; wenn jemand derart mit ihm umsprang, würde er nicht zulassen, dass man so einfach damit davonkam.

»Glauben Sie denn, dass ich immerzu nur an Sie denke?«, fragte er. »Manchmal habe ich andere Dinge im Kopf. Ich kam her, um mir die Gärten anzusehen, und wenn Sie mich nicht angesprochen hätten, wäre ich weitergegangen.«

Mrs. Headway war bester Laune, sie schien seine Verteidigung nicht einmal zu hören. »Er besitzt noch zwei weitere

Anwesen«, fuhr sie einfach fort. »Das ist genau das, was ich wissen wollte.«

Doch Waterville wollte sich nicht von seinem Kummer ablenken lassen. Jene Methode, eine Person zu besänftigen, indem man vergaß, dass man sie gekränkt hatte, wurde in New Mexico zweifellos häufig angewandt, aber ein Ehrenmann verlangte nach mehr. »Was wollten Sie gestern Abend damit andeuten, als Sie mich beschuldigten, Ihnen gefolgt zu sein, um Sie im Auge zu behalten? Sie müssen schon entschuldigen, wenn ich Ihnen sage, dass Sie sich ziemlich grob verhalten haben.« Der Stachel dieser Anschuldigung lag in der Tatsache, dass ein gewisses Maß Wahrheit darin steckte; doch Mrs. Headway, die sehr verdutzt dreinschaute, verstand die Anspielung einen Moment lang nicht. Sie ist letztlich doch eine Wilde, dachte Waterville. Sie meint, eine Frau könne einem Mann ins Gesicht schlagen und dann wegrennen!

»Oh!«, rief Mrs. Headway plötzlich. »Mir fällt wieder ein, dass ich mich über Sie geärgert habe; ich hatte nicht erwartet, Ihnen zu begegnen. Aber es war nicht weiter wichtig. Hin und wieder packt mich die Wut, einfach so, und ich lasse sie am Nächstbesten aus. Doch nach drei Minuten ist es vorbei, und ich denke nicht mehr daran. Gestern Abend war ich wütend, die Alte machte mich rasend.«

»Die Alte?«

»Sir Arthurs Mutter. Sie hat hier sowieso nichts zu melden. Hierzulande erwartet man von einer Frau, dass sie verduftet, wenn der Mann stirbt. Sie besitzt ihr eigenes Haus, zehn Meilen weiter, und noch eins am Portman Square; sie hat also reichlich Platz zum Leben. Aber sie bleibt – sie klebt an ihm wie ein Heftpflaster. Mir ist urplötzlich klargeworden, dass sie mich nicht eingeladen hat, weil sie mich gernhat, sondern weil sie mich verdächtigt. Sie befürchtet, dass wir heiraten wollen, und meint, ich sei nicht gut genug für ihren Sohn. Sie muss wohl glauben, dass ich es furchtbar eilig habe, ihn mir zu schnappen. Ich bin ihm nie nachgelaufen, er war es, der hinter mir her war. Ich hätte nie an dergleichen gedacht, wenn er es nicht ins Spiel gebracht hätte. Er hat letzten Sommer in Bad Homburg damit begonnen, als er wissen wollte, ob ich nicht nach England kommen wolle; er sagte mir, ich würde dort großen Erfolg haben. Er ist sowieso ziemlich ahnungslos, er hat nicht viel Grips. Und trotzdem ist er ein sehr netter Mann; es ist sehr erfreulich anzusehen, wie er von seinen …« Und Mrs. Headway schwieg einen Moment, um sich bewundernd umzusehen. »… wie er von all seinen Erbschaften umgeben ist. Ich mag dieses alte Anwesen«, fuhr sie fort. »Es ist so schön angelegt; ich bin recht zufrieden mit dem, was ich gesehen habe. Ich habe Lady Demesne für sehr freundlich gehalten; sie hat mir in London ihre Visitenkarte hinterlassen, und kurz darauf hat sie mich hierher eingeladen. Doch ich habe eine rasche Auffassungsgabe und durchschaue etwas manchmal blitzartig. Gestern, als sie beim Abendessen zu mir kam, um mit mir zu sprechen, habe ich etwas begriffen. Sie merkte, dass ich hübsch aussah, und das machte sie ungeheuer wütend; sie hatte gehofft, ich wäre hässlich. Ich würde ihr ja gern den Gefallen tun, aber was soll man machen? Dann verstand ich, dass sie mich nur eingeladen hatte, weil er darauf beharrt hatte. Als ich nach London kam, wollte er mich zunächst nicht treffen – zehn Tage kam er nicht in meine Nähe. Es war ihr gelungen, ihn davon abzuhalten; sie hat ihn zu irgendeinem Versprechen gezwungen. Er aber änderte nach einer Weile seine Meinung, und dann musste er sich wirklich ins Zeug legen. Er besuchte mich an drei Tagen hintereinander und brachte sie dazu, mich ebenfalls aufzusuchen. Sie ist eine jener Frauen, die so lange wie möglich Widerstand leisten und dann zum Schein nachgeben, sich in Wirklichkeit aber umso mehr sträuben. Sie hasst mich wie die Pest; ich weiß nicht, was ich ihrer Meinung nach getan habe. Sie ist sehr hinterlistig, eine echte alte Hexe. Als ich Sie gestern Abend beim Dinner gesehen habe, dachte ich, sie hätte Sie hergeholt, damit Sie ihr helfen.«

»Ihr helfen?«, fragte Waterville.

»Ihr etwas über mich erzählen, ihr Informationen liefern, die sie gegen mich verwenden kann. Sie können ihr sagen, was Sie wollen!«

Waterville hatte beinahe aufgehört zu atmen, so aufmerksam war er diesem außergewöhnlichen Schwall von Vertraulichkeiten gefolgt, und nun fühlte er sich ernstlich ermattet. Er blieb stehen; Mrs. Headway ging ein paar Schritte weiter, hielt dann ebenfalls inne, drehte sich um und sah ihn an. »Sie sind einfach unbeschreiblich!«, rief er. In seinen Augen war sie wahrhaftig eine Wilde.

Sie lachte ihn an – er spürte, dass sie über seinen Gesichtsausdruck lachte –, und ihr Lachen erscholl durch die prachtvollen Gärten. »Was soll das denn bedeuten?«

»Sie haben kein Taktgefühl«, sagte Waterville entschieden.

Sie errötete, obwohl sie seltsamerweise nicht verärgert schien. »Kein Taktgefühl?«, wiederholte sie.

»Sie sollten diese Dinge für sich behalten.«

»Oh, ich verstehe, was Sie meinen, ich rede eben über alles. Wenn ich aufgeregt bin, muss ich reden. Aber ich muss es auf meine Art tun. Ich habe jede Menge Taktgefühl, wenn man nett zu mir ist. Fragen Sie Arthur Demesne, ob ich taktvoll bin – fragen Sie George Littlemore. Stehen Sie hier nicht den ganzen Tag herum, kommen Sie mit zum Mittagessen!« Und Mrs. Headway setzte ihren Spaziergang fort, während Rupert Waterville kurz himmelwärts blickte und sie dann langsam einzuholen begann. »Warten Sie, bis ich alles geregelt habe, dann werde ich taktvoll sein«, fuhr sie fort. »Man kann nicht taktvoll sein, wenn man versucht, sein Leben zu retten. Sie haben gut reden, wo doch die ganze amerikanische Gesandtschaft hinter Ihnen steht. Natürlich bin ich nervös. Ich habe diese Sache angepackt und werde sie nicht wieder fallenlassen!« Bevor sie das Haus erreichten, erzählte sie ihm, warum er zur selben Zeit wie sie nach Longlands eingeladen worden war. Waterville hätte gern daran geglaubt, dass seine persönlichen Vorzüge eine hinreichende Erklärung seien, sie aber ignorierte diese Annahme. Mrs. Headway bevorzugte die Vermutung, sie sei von raffinierten Intrigen umgeben und die meisten Ereignisse würden mit ihr zusammenhängen. Waterville sei eingeladen worden, weil er, wenn auch in aller Bescheidenheit, die amerikanische Gesandtschaft repräsentiere und ihr Gastgeber den freundlichen Wunsch hege, den Anschein zu erwecken, als stehe jene hübsche amerikanische Besucherin, über die niemand irgendetwas wisse, unter dem Schutz jener Institution. »Es sollte mir zu einem besseren Debüt verhelfen«, sagte Mrs. Headway heiter. »Sie können nichts dagegen tun – Sie haben mir bei meiner Einführung geholfen. Hätte er den Gesandten gekannt, hätte er ihn gefragt – oder den ersten Sekretär. Aber die kennt er nicht.«

Sie erreichten das Haus, als Mrs. Headway diese Idee ausformuliert hatte, was Waterville einen mehr als zureichenden Vorwand lieferte, sie im Säulengang aufzuhalten. »Wollen Sie damit sagen, dass Ihnen Sir Arthur das erzählt hat?«, fragte er fast streng.

»Mir erzählt? Natürlich nicht! Glauben Sie, ich würde zulassen, dass er mit mir spricht, als hätte ich irgendwelche Gefälligkeiten nötig? Das wäre ja noch schöner, wenn er mir sagen würde, ich brauchte Hilfe!«

»Ich verstehe nicht, warum er zögern sollte – bei der Geschwindigkeit, die Sie vorlegen. Sie sagen es doch jedem.«

»Jedem? Ich sage es Ihnen und George Littlemore – wenn ich nervös bin. Ich sage es Ihnen, weil ich Sie gernhabe, und ihm, weil ich ihn fürchte. Vor Ihnen habe ich übrigens nicht die geringste Angst. Ich bin allein, ich habe niemanden. Ich brauche ein wenig Trost, nicht wahr? Sir Arthur hat mich getadelt, weil ich Sie gestern Abend gemieden habe – er hat es bemerkt, und deswegen habe ich seinen Plan durchschaut.«

»Ich bin ihm sehr dankbar«, sagte Waterville ziemlich verwirrt.

»Vergessen Sie also nicht, für mich zu bürgen. Möchten Sie mir nicht Ihren Arm reichen, wenn wir hineingehen?«

»Sie sind eine ganz außergewöhnliche Mischung«, murmelte er, als sie lächelnd neben ihm stand.

»Ach, kommen Sie, verlieben *Sie* sich bloß nicht in mich!«, rief sie mit einem Lachen und trat vor ihm ein, ohne seinen Arm zu ergreifen.

Am Abend, bevor er sich zum Dinner umzog, pilgerte Waterville in die Bibliothek, wo er damit rechnete, einige vorzüglich gebundene Werke vorzufinden. Er war der Einzige in jenem Raum und verbrachte eine glückliche halbe Stunde zwischen den literarischen Schätzen und den Triumphen alten Saffianleders. Gute Literatur schätzte er sehr, seiner Ansicht nach sollte sie stets schön gebunden sein. Das Tageslicht begann zu schwinden, doch wann immer er in dem satten Dämmerlicht das Schimmern eines sorgfältig vergoldeten Buchrückens erspähte, nahm er den Band aus dem Regal und trug ihn zu einem der tiefliegenden Fenster. Eben hatte er die Inspektion eines köstlich duftenden Folianten beendet und wollte ihn an seinen angestammten Platz zurückbringen, als plötzlich Lady Demesne unmittelbar vor ihm stand. Er zuckte kurz zusammen, ihre große, schlanke Gestalt, ihr helles Gesicht, das in dem hohen braunen Raum weiß wirkte, und der Eindruck ernsthafter Zielstrebigkeit, der ihren Auftritt begleitete, verliehen ihr etwas Gespenstisches. Er sah sie jedoch lächeln und hörte sie in ihrem liebenswürdigen, fast traurig wirkenden Ton sagen: »Sie sehen sich unsere Bücher an? Ich fürchte, die sind recht langweilig.«

»Langweilig? Also, die sind doch so nagelneu wie an dem Tag, an dem sie gebunden wurden.« Und er zeigte ihr den glitzernden Buchdeckel seines Foliobandes.

»Ich fürchte, ich habe sie mir seit langem nicht mehr angesehen«, murmelte sie und näherte sich dem Fenster, wo sie stehen blieb und hinausschaute. Hinter der Glasscheibe erstreckte sich der Park, in dem sich das Abendgrau an die großen Äste der Eichen zu hängen begann. Der Ort wirkte kalt und leer, und die Bäume weckten den Anschein, sich ihrer Wichtigkeit bewusst zu sein, als hätte man die Natur selbst irgendwie bestochen, den Landfamilien zur Seite zu stehen. Man konnte sich mit Lady Demesne nicht leicht unterhalten; sie war weder spontan noch redselig; sie war sich über ihre

Position und viele andere Dinge im Klaren. Sogar ihre Schlichtheit war konventionell, wenn auch auf eine ziemlich vornehme Art. Man würde sie vielleicht bemitleiden, wenn man bemerkt hätte, dass sie ständig angespannte Zwiesprache mit gewissen unverrückbaren Idealen hielt, was sie manchmal müde aussehen ließ wie jemand, der sich zu viel zugemutet hat. Sie umgab sich mit einer Aura friedlicher Aufgewecktheit, die keineswegs Scharfsinn, sondern sorgfältig bewahrte Reinheit war. Sie schwieg eine Weile, und ihr Schweigen wirkte absichtsvoll, als wolle sie ihm mitteilen, dass sie bestimmte Angelegenheiten mit ihm regeln müsse, ohne sich die Mühe zu machen, sie auszusprechen. Sie war es gewöhnt, von ihren Mitmenschen zu erwarten, sie würden ihre Absichten erraten, ohne dass sie sich mit Erklärungen plagen musste. Waterville machte eine willkürliche Bemerkung über die Schönheit des Abends (eigentlich hatte sich das Wetter verschlechtert), die sie mit keiner Antwort würdigte. Dann, kurz darauf, sagte sie mit ihrer gewohnten Sanftheit: »Ich hatte gehofft, Sie hier zu treffen – ich möchte Sie etwas fragen.«

»Ich will Ihnen gern nach bestem Wissen antworten, es wäre mir eine Freude!«, rief Waterville.

Sie warf ihm einen Blick zu, keinen herablassenden, einen fast flehentlichen, der zu sagen schien: »Drücken Sie sich bitte einfach aus – in ganz einfachen Worten.« Dann sah sie sich um, als ob andere Personen in dem Zimmer wären; sie wollte keinesfalls, dass ihr Zusammentreffen wie eine vertrauliche Unterredung wirkte oder so aussah, als hätte sie ihm aufgelauert. Nun war sie also hier und fuhr fort: »Als mein Sohn mir sagte, er wolle Sie zu uns einladen, war ich sehr froh darüber. Ich meine natürlich, wir waren entzückt …« Und sie schwieg einen Moment. Dann fügte sie schlicht hinzu: »Ich möchte Sie etwas über Mrs. Headway fragen.«

Na endlich!, rief Waterville innerlich. Äußerlich lächelte er so freundlich wie möglich und sagte: »Ach ja, ich verstehe!«

»Ist Ihnen meine Frage unangenehm? Ich hoffe, sie stört Sie nicht. Ich habe sonst keinen, den ich fragen könnte.«

»Ihr Sohn kennt sie viel besser als ich.« Waterville sagte das ohne böse Hintergedanken, einzig um sich aus der schwierigen Situation herauszuwinden; doch als er die Worte ausgesprochen hatte, erschrak er ein wenig über ihren höhnischen Unterton.

»Ich glaube nicht, dass er sie kennt. Sie kennt ihn, was etwas ganz anderes ist. Wenn ich ihn nach ihr frage, sagt er mir nur, dass sie faszinierend sei. Sie *ist* faszinierend«, sprach Ihre Ladyschaft in einem unnachahmlich nüchternen Ton.

»Das ist ganz meine Meinung. Ich mag sie sehr«, erwiderte Waterville heiter.

»Sie sind also umso besser geeignet, über sie zu sprechen.«

»Um gut über sie zu sprechen«, sagte Waterville lächelnd.

»Natürlich, wenn Ihnen das möglich ist. Ich wäre hocherfreut, wenn Sie dergleichen tun könnten. Das wünsche ich mir – etwas Gutes über sie zu hören.«

Nach alldem hätte man denken können, für Waterville wäre nichts weiter zu tun geblieben, als eine Lobrede auf seine geheimnisvolle Landsmännin vom Stapel zu lassen, doch er ließ sich ebenso wenig in diese Falle locken wie in eine andere. »Ich kann nur sagen, dass ich sie gernhabe«, wiederholte er. »Sie ist sehr freundlich zu mir gewesen.«

»Jeder scheint sie zu mögen«, sagte Lady Demesne in einem ungespielt mitleidigen Ton. »Sie ist freilich höchst amüsant.«

»Sie ist sehr gutmütig, sie hat viele gute Absichten.«

»Was halten Sie für gute Absichten?«, fragte Lady Demesne äußerst liebenswürdig.

»Nun, ich meine, sie möchte freundlich und umgänglich sein.«

»Sie müssen sie natürlich verteidigen. Sie ist Ihre Landsmännin.«

»Wollte ich sie verteidigen, müsste ich warten, bis sie angegriffen wird«, sagte Waterville lachend.

»Völlig richtig. Ich muss Sie nicht darauf aufmerksam machen, dass ich sie nicht angreife. Ich würde nie einen meiner Gäste angreifen. Ich möchte nur etwas über sie erfahren, und wenn Sie mir nichts zu erzählen haben, könnten Sie vielleicht zumindest jemanden nennen, der das vermag.«

»Das kann sie selbst tun, und zwar lückenlos!«

»Dasselbe, was sie meinem Sohn erzählt hat? Ich würde es nicht verstehen. Mein Sohn versteht es nicht. Es ist sehr eigenartig. Ich hatte so gehofft, dass Sie es erklären würden.«

Waterville schwieg einen Moment. »Ich fürchte, ich kann Mrs. Headway nicht erklären«, bemerkte er schließlich.

»Sie räumen also ein, dass sie eigenartig ist.«

Waterville zögerte erneut. »Die Verantwortung, Ihnen zu antworten, ist zu groß.« Er spürte, dass er eine grobe Unfreundlichkeit beging; er wusste genau, was Lady Demesne von ihm hören wollte. Doch wollte er nicht dem Ruf Mrs. Headways schaden, um Lady Demesne zufriedenzustellen; und dennoch, mit seiner lebhaften Phantasie konnte er sich ausgezeichnet in diese zarte, förmliche, ernste Frau einfühlen, die – das war leicht zu erkennen – in der Ausübung ihres Pflichtbewusstseins und im äußerst beharrlichen Festhalten an zwei, drei Dingen, die sie für immer lieben würde, ihr eigenes Glück gesucht hatte. Sie musste sich tatsächlich etwas erhofft haben, was Mrs. Headway als Missfallen erregende und gefährliche Person darstellen würde. Doch wurde ihm sofort klar, dass sie seine letzten Worte als ein Zugeständnis aufgefasst hatte, das ihr vielleicht helfen könnte.

»Sie wissen also, warum ich Ihnen diese Fragen stelle?«

»Ich kann es mir ungefähr vorstellen«, sagte Waterville, der auf seinem unpassenden Lachen beharrte. Es klang in seinen eigenen Ohren tölpelhaft.

»Wenn Sie es wissen, dann sollten Sie mir beistehen.« Ihr Tonfall änderte sich, als sie diese Worte sprach; es lag ein feines Zittern darin; er begriff es als ein Zeichen dafür, dass sie Kummer hatte. Sie hatte großen Kummer; er spürte sofort, wie groß er gewesen sein musste, bevor sie sich dazu durchgerungen hatte, mit ihm zu sprechen. Sie tat ihm leid, und er beschloss, sehr ernst zu sein.

»Wenn ich könnte, würde ich Ihnen helfen. Aber meine Lage ist äußerst verzwickt.«

»Nicht so verzwickt wie meine!« Sie schreckte vor nichts zurück, sie würde ihn wirklich anflehen. »Ich kann mir nicht vorstellen, dass Sie Mrs. Headway auf irgendeine Weise verpflichtet sind – Sie scheinen ein ganz anderer Mensch zu sein«, fügte sie hinzu.

Waterville war durchaus empfänglich für alles, was zu seinen Gunsten sprach, doch diese Worte erschreckten ihn leicht, als handle es sich dabei um eine Art Bestechungsversuch. »Es überrascht mich, dass Sie sie nicht mögen«, wagte er festzustellen.

Lady Demesne sah kurz aus dem Fenster. »Ich glaube nicht, dass Sie wirklich überrascht sind, auch wenn Sie es vielleicht gern wären. Ich mag sie übrigens wirklich nicht und kann mir nicht vorstellen, warum mein Sohn sie gernhat. Sie ist sehr hübsch und scheint sehr schlau zu sein, aber ich traue ihr nicht. Ich weiß nicht, was über ihn gekommen ist; in dieser Familie ist es nicht üblich, solche Personen zu heiraten. Ich halte sie nicht für eine Dame. Die Frau, die ich mir für ihn wünsche, wäre ganz anders – vielleicht verstehen Sie, was ich damit sagen will. In ihrer Vorgeschichte gibt es etwas, was wir nicht begreifen. Mein Sohn ebenso wenig wie ich. Wenn Sie es uns erklären könnten, wäre es eine Hilfe. Ich spreche derart vertraulich mit Ihnen, obwohl ich Sie eben erst kennengelernt habe, weil ich nicht weiß, an wen ich mich sonst wenden könnte. Ich mache mir große Sorgen.«

Es war unmissverständlich, dass sie sich Sorgen machte; ihr Ton war dringlicher geworden, und ihre Augen schienen in der zunehmenden Dämmerung zu glänzen. »Sind Sie sicher, dass Gefahr besteht?«, fragte Waterville. »Hat er sie gebeten, ihn zu heiraten, und hat sie ja gesagt?«

»Wenn ich warte, bis sie alles geregelt haben, wird es zu spät sein. Ich habe Grund zu der Annahme, dass mein Sohn nicht verlobt ist, aber er wurde furchtbar umgarnt. Gleichzeitig ist er sehr nervös, und das könnte ihn doch noch retten. Er hat ein starkes Ehrgefühl. Ihr Vorleben missfällt ihm; er weiß nicht, was er von dem halten soll, was man uns erzählt hat. Sogar das, was sie zugibt, ist so merkwürdig. Sie war vier-

oder fünfmal verheiratet – und wurde immer wieder geschieden; das scheint so außergewöhnlich. Sie sagt ihm, in Amerika gehe es anders zu, und es stimmt wohl, dass ihr unsere Ansichten nicht teilt, aber alles hat doch seine Grenzen. Es muss da einige grobe Unstimmigkeiten gegeben haben – ich fürchte, es gab große Skandale. Es ist furchtbar, solche Dinge hinnehmen zu müssen. Er hat mir nichts davon erzählt; das muss er auch gar nicht, ich kenne ihn gut genug, um es mir zusammenzureimen.«

»Weiß er, dass Sie mit mir sprechen?«, fragte Waterville.

»Keineswegs. Doch muss ich Ihnen sagen, dass ich ihm alles erzählen werde, was Sie mir zu ihren Ungunsten mitteilen.«

»Dann sollte ich lieber schweigen. Es ist äußerst heikel. Mrs. Headway hat niemanden, der sie verteidigt. Man kann sie natürlich mögen oder nicht. Ich habe nichts an ihr gefunden, das nicht ganz und gar untadelig wäre.«

»Und Sie haben nichts gehört?«

Waterville erinnerte sich an Littlemores Beteuerung, dass es Fälle gebe, in denen ein Mann bei seiner Ehre dazu verpflichtet sei, die Unwahrheit zu sagen, und er fragte sich, ob das ein solcher Fall wäre. Lady Demesne drängte sich ihm auf, vermittelte ihm glaubhaft ihren Kummer, und er sah den Abgrund, der sie von einer zielstrebigen kleinen Frau trennte, die mit Zeitungsredakteuren aus dem Westen zusammengelebt hatte. Sie war im Recht, wenn sie keinerlei Beziehung mit Mrs. Headway wünschte. Letztlich hatte es nichts in seinem Verhältnis zu jener Dame gegeben, was ihn verpflichten würde, für sie zu lügen. Er hatte ihre Bekanntschaft nicht gesucht, sondern sie die seine; sie hatte nach ihm geschickt und um einen Besuch gebeten. Und doch konnte er sie nicht einfach »fallenlassen«, wie man es in New York ausdrückte; es blieb ihm im Halse stecken. »Ich fürchte, ich kann Ihnen wirklich nichts sagen. Und es würde keinen Unterschied machen. Ihr Sohn gibt sie nicht auf, nur weil ich sie zufällig nicht leiden kann.«

»Wenn er glauben würde, dass sie eine Schuld auf sich geladen hat, würde er sie aufgeben.«

»Nun, ich habe kein Recht, so zu urteilen«, sagte Waterville.

Lady Demesne wandte sich enttäuscht von ihm ab. Er fürchtete, sie würde mit etwas herausplatzen wie: Warum sonst habe ich Sie wohl hierhergebeten? Sie verließ ihren Platz am Fenster und wollte offensichtlich aus dem Zimmer gehen. Doch dann blieb sie stehen. »Sie wissen etwas, was gegen sie spricht, wollen es aber nicht sagen.«

Waterville drückte seinen Folianten an sich und sah verlegen drein. »Sie unterstellen mir da etwas. Ich werde auch später nichts zu sagen haben.«

»Es steht Ihnen natürlich völlig frei. Es gibt da noch einen anderen, der Bescheid weiß, glaube ich, einen weiteren Amerikaner – einen Gentleman, der sich in Paris aufhielt, als mein Sohn dort war. Ich habe seinen Namen vergessen.«

»Einen Freund von Mrs. Headway? Sie meinen wohl George Littlemore.«

»Ja, Mr. Littlemore. Er hat eine Schwester, der ich einmal begegnet bin. Ich wusste damals noch nicht, dass sie seine Schwester war. Mrs. Headway erwähnte sie, doch es stellte sich heraus, dass sie selbst sie nicht persönlich kennt. Das allein ist schon Beweis genug, will ich meinen. Halten Sie es für möglich, dass *er* mir hilft?«, fragte Lady Demesne unverblümt.

»Das bezweifle ich, aber Sie könnten es versuchen.«

»Ich wünschte, er hätte Sie begleitet. Glauben Sie, er würde kommen?«

»Er ist gerade in Amerika, aber soviel ich weiß, kehrt er bald zurück.«

»Ich werde seine Schwester besuchen und sie bitten, mich zusammen mit ihm aufzusuchen. Sie ist überaus nett; ich denke, sie wird es verstehen. Leider ist die Zeit mehr als knapp.«

»Rechnen Sie nicht allzu sehr mit Littlemore«, sagte Waterville ernst.

»Ihr Männer habt kein Mitleid.«

»Warum sollten wir Mitleid mit Ihnen haben? Wie könnte Mrs. Headway jemandem wie Ihnen schaden?«

Lady Demesne zögerte kurz. »Ihre Stimme schmerzt in meinen Ohren.«

»Sie hat eine sehr liebenswürdige Stimme.«

»Vielleicht. Aber sie ist grässlich!«

Das war zu viel des Guten, meinte Waterville; die arme Mrs. Headway hatte so einiges an sich, was man kritisieren konnte, und er selbst hatte sie eine Wilde genannt. Doch grässlich war sie nicht. »Ihr Sohn sollte Mitleid mit Ihnen haben. Wenn er es nicht hat, wie können Sie es dann von anderen erwarten?«

»Oh, aber er hat doch Mitleid mit mir!« Und mit einer gebieterischen Haltung, die noch erstaunlicher war als ihre Logik, ging Lady Demesne auf die Tür zu.

Waterville trat vor, um sie für sie zu öffnen, und als sie hinausging, sagte er: »Da gibt es etwas, das Sie tun könnten – versuchen Sie, sie zu mögen!«

Sie warf ihm einen vernichtenden Blick zu. »Das wäre das Allerschlimmste!«

## 8

George Littlemore erreichte London am zwanzigsten Mai, und einer seiner ersten Gänge führte ihn zu Waterville in die Gesandtschaft, wo er ihm mitteilte, er habe für den Rest der Saison ein Haus am Queen Anne's Gate gemietet, so dass seine Schwester und deren Mann, die ihre Stadtwohnung wegen der sinkenden Pachteinkünfte vermietet hatten, auf Besuch kommen und ein paar Monate mit ihm verbringen könnten.

»Wenn Sie ein Haus mieten, müssen Sie auch Mrs. Headway einladen«, sagte Waterville.

Littlemore saß da, die Hände über seinem Spazierstock verschränkt, und sah Waterville mit einem Blick an, der bei der Erwähnung des Namens der Dame keineswegs aufleuchtete. »Ist sie in die europäische Gesellschaft aufgenommen worden?«, fragte er ziemlich gelangweilt.

»Voll und ganz, würde ich sagen. Sie hat ein Haus und eine Kutsche und Diamanten und alle möglichen feinen Sachen. Sie scheint bereits viele Leute zu kennen; ihr Name wird in der *Morning Post* erwähnt. Sie hat sehr schnell Karriere gemacht; sie ist beinahe berühmt. Jeder fragt nach ihr – man wird Sie mit Fragen traktieren.«

Littlemore lauschte seinen Worten. »Wie hat sie es geschafft?«

»Sie hat eine große Gesellschaft in Longlands besucht und dort alle dazu gebracht, sie für ungemein amüsant zu halten. Sie haben sie wohl aufgenommen; sie hatte nur um einen ersten Anlauf gebeten.«

Littlemore schien plötzlich überrascht zu sein von der Absurdität dieser Neuigkeit, die er zunächst mit einem kurzen lauten Lachen quittierte. »Nancy Beck, das muss man sich einmal vorstellen! Die Leute hier sind eigenartige Gesellen. Sie würden jedem nachlaufen. In New York hätten sie einen Bogen um sie gemacht.«

»Ach, New York ist altmodisch«, sagte Waterville, und er teilte seinem Freund mit, dass Lady Demesne seine Ankunft sehnsüchtig erwarte und ihn um Hilfe bitten wolle, ihren Sohn davon abzuhalten, eine solche Person in die Familie aufzunehmen. Littlemore schien keineswegs beunruhigt über die Absichten der Dame und gab im Ton eines Mannes, der solche Absichten für ziemlich unverschämt hielt, zu verstehen, dass es ihm wohl gelingen würde, ihr aus dem Weg zu gehen. »Es ist auf jeden Fall keine einwandfreie Heirat«, behauptete Waterville.

»Warum nicht, wenn er sie doch liebt?«

»Na, wenn das alles ist, was Sie verlangen!«, rief Waterville mit einem Maß an Zynismus, das seinen Freund ziemlich überraschte. »Würden Sie sie heiraten?«

»Gewiss, wenn ich in sie verliebt wäre.«

»Sie haben darauf geachtet, es nicht so weit kommen zu lassen.«

»Das ist richtig – und Demesne hätte es besser genauso gehalten. Aber da er nun einmal angebissen hat ...«, und Littlemore schloss den Satz mit einem unterdrückten Gähnen.

Waterville fragte ihn kurz darauf, wie er es anstellen werde, Mrs. Headway einzuladen, wo sich doch seine Schwester angekündigt habe, und er antwortete, er werde das regeln, indem er sie einfach nicht einlade. Das brachte ihm Watervilles Vorwurf ein, er sei sehr unbeständig; Littlemore antwortete, dies sei gut möglich. Er fragte, ob sie sich nicht über etwas anderes als Mrs. Headway unterhalten könnten. Er wolle nichts damit zu tun haben, wenn sich der junge Mann für sie interessiere, und sie würden später sicher noch genug von ihr zu hören bekommen.

Waterville wollte ungern einen falschen Eindruck von seinem Interesse an Mrs. Headway erwecken, da er sich einbildete, das Gefühl habe klare Grenzen. Er hatte sie zwei-, dreimal besucht, doch der Gedanke, dass sie nunmehr keineswegs mehr von ihm abhängig war, erleichterte ihn. Jenes vertrauliche Gespräch während des Besuchs in Longlands hatte sich nicht wiederholt. Sie konnte nun auf Hilfe verzichten; sie wusste selbst, dass sie auf der Welle des Erfolgs ritt. Sie gab vor, über ihr glückliches Los erstaunt zu sein, insbesondere über sein rasches Eintreten, doch in Wirklichkeit war das alles keine Überraschung für sie. Sie nahm die Dinge, wie sie kamen, und da sie grundsätzlich eine Frau der Tat war, verschwendete sie ebenso wenig Zeit an Freudentänze, wie sie sie an Verzagtheit verschwendet hätte. Sie sprach oft über Lord Edward und Lady Margaret wie über andere Aristokraten, die sich willens gezeigt hatten, die Bekanntschaft mit ihr zu pflegen, wobei sie beteuerte, genau über die Quellen einer Beliebtheit Bescheid zu wissen, die offensichtlich dazu bestimmt war, weiter zu wachsen. »Sie kommen, um über mich zu lachen«, sagte sie. »Sie kommen nur, um bestimmte Dinge wieder und wieder zu hören. Kaum mache ich den Mund auf, schütteln sie sich vor Lachen. Es ist abgemacht, dass ich eine amerikanische Spaßmacherin bin; wenn ich ganz einfache Sachen sage, brüllen sie los. Ich muss mich irgendwie verständlich machen, und wenn ich tatsächlich einmal den Mund halte, finden sie mich noch komischer. Sie erzählen einer bedeutenden Person, was ich gesagt habe, und eine bedeutende Person sagte ihnen kürzlich, er wolle mich mit eigenen Ohren hören. Ich rede genauso mit ihm wie mit den anderen, weder besser noch schlechter. Ich weiß nicht, wie es mir gelingt; ich rede auf die einzige Weise, die ich beherrsche. Sie meinen, es sei nicht so sehr, was ich sage, sondern wie ich es sage. Na ja, sie sind sehr leicht zufriedenzustellen. Ich bin ihnen egal, es geht nur darum, Mrs. Headways ›Neusten‹ weitererzählen zu können. Jeder will der Erste sein, es ist ein regelrechter Wettlauf.« Als sie merkte, was man von ihr erwartete, lieferte sie das Gewünschte im Überfluss; und die arme kleine Frau arbeitete wirklich hart an ihrem amerikanischen Zungenschlag. Wenn der Geschmack Londons in diese Richtung wies, würde sie ihr Bestes tun, ihm gerecht zu werden; schade war nur, dass sie das nicht schon früher gewusst hatte, sonst hätte sie sich besser darauf vorbereiten können. Sie hielt es für einen althergebrachten Nachteil, in Arizona, in Dakota, in den neu aufgenommenen Bundesstaaten geboren zu sein, doch nun erkannte sie, als sie es sich selber vorsagte, dass es das Beste war, das ihr je widerfahren war. Sie versuchte sich an all die drolligen Geschichten zu erinnern, die sie dort gehört hatte, und bedauerte heftig, sie nicht gleich an Ort und Stelle notiert zu haben; sie beschwor die Echos der Rocky Mountains und übte den Tonfall der Pazifikküste. Als sie sah, wie ihr Publikum in Lachsalven verfiel, nannte sie das Erfolg und glaubte, dass sie, wenn sie fünf Jahre früher nach London gekommen wäre, vielleicht einen Herzog hätte heiraten können. Das wäre ein noch fesselnderes Schauspiel für die Londoner Gesellschaft gewesen als die gegenwärtigen Berichte über Sir Arthur Demesne, der jedoch ausreichend im Licht der Öffentlichkeit stand, um das Gerücht zu rechtfertigen, in der Stadt würde man bereits Wetten abschließen, wie lange er ihr denn noch den Hof machen würde. Die Neugier wurde angestachelt durch den Anblick eines jungen Mannes seines Schlages – eines der wenigen »ernsten« jungen Männer der Konservativen mit einem Einkommen, das für einen luxuriöseren Lebenswandel als den, für den er bekannt war, genügen würde –, der sich an eine Dame heranmachte, die mehrere Jahre älter war als er und deren Vorrat an kalifornischen Slangausdrücken sogar noch zahlreicher war als die Dollars auf ihrem Konto. Mrs. Headway hatte sich viele neue Vorstellungen angeeignet, seit sie in London angekommen war, aber ein paar ältere hatte sie auch behalten. Die wichtigste unter ihnen – sie hegte sie nun schon seit einem Jahr – war, dass Sir Arthur Demesne der untadeligste junge Mann auf der ganzen Welt sei. Natürlich gab es auch jede Menge Eigenschaften, die er nicht besaß. Er war nicht amüsant; er war kein Schmeichler; er war nicht übermäßig leidenschaftlich. Sie hielt ihn für verlässlich, doch er war gewiss nicht lernbegierig. Auf diese Dinge konnte Mrs. Headway jedoch liebend gern verzichten, vor allem war sie nicht mehr in dem Alter, in dem man unbedingt auf Amüsement aus ist. Sie hatte ein höchst aufregendes Leben hinter sich, und ihre Vorstellung von Glück lief momentan darauf hinaus, herrlich gelangweilt zu sein. Die Idee einer makellosen und unbezweifelten Ehrbarkeit erfüllte ihre Seele mit Zufriedenheit; ihre Phantasie warf sich in Gegenwart dieser Tugend in den Staub. Sie war sich bewusst, dass sie Ehrbarkeit kaum aus eigenen Stücken erreicht hatte, doch zumindest konnte sie sie nun mit heiligen Knoten an sich binden. Sie konnte auf diese Weise belegen, was ihre tiefste Empfindung war, eine andächtige Würdigung von Sir Arthurs großem Vorzug, seiner glatten und runden, seiner blühenden, lilienhaften Unbefleckheit von gesellschaftlichen Makeln.

Sie war zu Hause, als Littlemore sie besuchte, von mehreren Gästen umgeben, denen sie eine späte Tasse Tee kredenzte und denen sie ihren Landsmann vorstellte. Er blieb, bis die anderen sich zerstreut hatten, trotz der Machenschaften eines Gentlemans, der offensichtlich den Wunsch hegte, noch länger zu bleiben als er, der aber, wenn er auch bei früheren Besuchen mehr Glück gehabt haben mochte, diesmal von Mrs. Headway nicht ermutigt wurde. Er musterte Littlemore ausgiebig von den Stiefeln aufwärts, als wollte er einer so unerwarteten Vorzugsbehandlung auf den Grund kommen, und ließ ihn dann grußlos mit der Gastgeberin allein.

»Ich bin gespannt, was Sie für mich tun werden, nun, da Ihre Schwester bei Ihnen wohnt«, bemerkte kurz darauf Mrs. Headway, die von Rupert Waterville davon erfahren hatte. »Ich fürchte, nun müssen Sie tätig werden. Es tut mir leid für Sie, aber ich weiß nicht, wie Sie sonst davonkämen. Sie könnten mich zum Dinner einladen, wenn sie einmal zum Essen ausgeht. Sogar in diesem Fall würde ich erscheinen, weil ich es mir mit Ihnen nicht verscherzen will.«

»Damit würden Sie es sich verscherzen«, sagte Littlemore.

»Ja, ich verstehe. Ihre Schwester ist Ihnen heilig. Sie befinden sich in einer ziemlich peinlichen Lage, nicht wahr? Aber Sie klären dergleichen in aller Stille. Sie haben etwas an sich, das mich wütend macht. Was hält Ihre Schwester von mir? Hasst sie mich?«

»Sie weiß nichts von Ihnen.«

»Haben Sie ihr gar nichts erzählt?«

»Kein Wort.«

»Hat sie sich denn nicht bei Ihnen erkundigt? Das beweist, dass sie mich hasst. Sie denkt, ich mache Amerika keine Ehre. Ich kenne das nur zu gut. Sie möchte den Leuten zeigen, dass sie mich durchschaut, mögen sie hier auch noch so angetan von mir sein. Aber sie muss Sie über mich ausfragen, sie kann nicht immer so weitermachen. Was werden Sie ihr dann sagen?«

»Dass Sie die erfolgreichste Frau in Europa sind.«

»So ein Unsinn!«, rief Mrs. Headway verärgert.

»Sind Sie nicht in die europäische Gesellschaft aufgenommen worden?«

»Vielleicht, vielleicht auch nicht. Es ist noch zu früh, um das zu beurteilen. In dieser Saison kann ich es nicht beurteilen. Jeder meint, ich müsse auf die nächste warten, um zu sehen, ob es noch dasselbe ist. Manchmal akzeptieren sie einen ein paar Wochen, und dann wollen sie nichts mehr von einem wissen. Man muss die Sache irgendwie fixieren – den Nagel einschlagen.«

»Sie reden, als würde es sich um Ihren Sarg handeln«, sagte Littlemore.

»Nun, es ist ja auch eine Art Sarg. In ihm begrabe ich meine Vergangenheit!«

Bei diesen Worten verzog Littlemore das Gesicht. Ihre Vergangenheit langweilte ihn zu Tode. Er wechselte das Thema und ließ sie von London erzählen, was sie mit viel Humor tat. Sie unterhielt ihn eine halbe Stunde auf Kosten der meisten ihrer neuen Bekanntschaften und einiger der ehrwürdigsten Attraktionen der großen Stadt. Er selbst betrachtete England von außen, soweit das möglich war; doch mitten in ihren vertrauten Anspielungen auf Menschen und Dinge, die sie erst seit gestern kannte, wurde ihm blitzartig klar, dass sie nie wirklich dazugehören würde. Sie summte über die Oberfläche wie eine Fliege an der Fensterscheibe. Es gefiel ihr ungemein; sie war geschmeichelt, ermutigt, aufgeregt; sie ließ ihre vertraulichen Urteile fallen wie Blumen, die sie verstreute, und sprach über ihre Absichten, Aussichten und Wünsche. Aber sie wusste nicht mehr über das englische Leben als über Molekulartheorie. Die Worte, mit denen er sie einst Waterville beschrieben hatte, fielen ihm wieder ein: *»Elle ne se doute de rien!«* Plötzlich sprang sie auf; sie wollte zum Dinner ausgehen, und es war Zeit zum Ankleiden. »Bevor Sie gehen, möchte ich, dass Sie mir etwas versprechen«, sagte sie beiläufig, aber mit einem Blick, den er schon einmal gesehen hatte und der besagte, dass es ihr wichtig war. »Man wird Ihnen sicherlich Fragen über mich stellen.« Und dann schwieg sie.

»Woher wissen die Leute, dass ich Sie kenne?«

»Sie haben es nicht an die große Glocke gehängt, ist es das, was Sie damit sagen wollen? Sie sind garstig, wenn Sie es darauf ankommen lassen. Die Leute wissen es jedenfalls. Wahrscheinlich von mir. Sie werden zu Ihnen kommen und Sie über mich ausfragen. Ich meine, Lady Demesne wird sie zu Ihnen schicken. Sie steckt schrecklich in der Klemme – sie fürchtet nichts so sehr, als dass ihr Sohn mich heiratet.«

Littlemore konnte ein Lachen nicht zurückhalten. »Ich nicht, wenn er es bis jetzt nicht getan hat.«

»Er kann sich nicht entscheiden. Er mag mich so sehr, glaubt aber trotzdem, dass ich keine Frau bin, die man heiratet.« Die Distanziertheit, mit der sie über sich selbst sprach, war wirklich grotesk.

»Wenn er Sie nicht heiratet, wie Sie sind, muss er ein armseliger Bursche sein«, sagte Littlemore.

Das zu sagen war nicht sehr höflich, aber Mrs. Headway ließ es durchgehen. Sie antwortete lediglich: »Na ja, er möchte mit größter Vorsicht vorgehen, und das soll er auch!«

»Wenn er zu viele Fragen stellt, ist er es nicht wert, dass man ihn heiratet.«

»Na hören Sie mal, er ist es wert, geheiratet zu werden, was immer er auch tut – für mich ist er es wert. Und ich möchte ihn heiraten – genau das will ich.«

»Wartet er auf mich, damit ich die Sache entscheide?«

»Er wartet auf ich weiß nicht was – auf jemanden, der kommt und ihm erzählt, ich sei die Allerliebenswürdigste. Dann wird er es glauben. Jemand, der drüben war und alles über mich weiß. Sie sind natürlich der Richtige, Sie wurden für diesen Fall erschaffen. Erinnern Sie sich denn nicht, wie ich Ihnen in Paris sagte, er wolle Sie fragen? Er schämte sich und ließ es bleiben; er versuchte mich zu vergessen. Doch nun ist alles wieder beim Alten, nur dass ihn in der Zwischenzeit seine Mutter durch die Mangel gedreht hat. Sie bearbeitet ihn

Tag und Nacht wie ein Wiesel die Kaninchen in einem Kaninchenbau, um ihn davon zu überzeugen, dass ich weit unter seiner Würde bin. Er liebt sie sehr und lässt sich leicht beeinflussen – ich meine von seiner Mutter, nicht von irgendeinem, außer mir natürlich. Ach, ich habe ihn beeinflusst, ihm alles fünfzigmal erklärt. Doch einiges ist ziemlich verzwickt, nicht wahr, und darauf kommt er immer wieder zurück. Er will jede Kleinigkeit erklärt haben. Er wird nicht persönlich auf Sie zukommen, aber seine Mutter schon, oder sie wird einen ihrer Leute vorschicken. Vermutlich wird es der Anwalt sein – der Familienanwalt, wie sie ihn nennen. Sie wollte ihn nach Amerika schicken, damit er Erkundigungen einzieht, wusste aber nicht, wohin genau. Natürlich können sie nicht von mir erwarten, dass ich ihnen die Orte nenne, die müssen sie schon selber herausfinden. Sie weiß alles über Sie und hat die Bekanntschaft Ihrer Schwester gemacht. Jetzt wissen Sie so viel wie ich. Sie wartet auf Sie, sie will Sie einfangen. Sie denkt, sie könnte Sie festnageln und dazu bringen, etwas zu sagen, was ihren Ansichten entspricht. Dann wird sie es Sir Arthur präsentieren. Seien Sie also so gut und leugnen alles.«

Littlemore lauschte aufmerksam dieser kleinen Rede, deren Abschluss ihn allerdings die Augen aufreißen ließ. »Sie glauben doch nicht etwa, dass ich mit ein paar Worten einen Unterschied machen könnte?«

»Tun Sie nicht so überrascht! Sie wissen genauso gut wie ich, dass Sie das könnten.«

»Damit erklären Sie ihn zu einem absoluten Idioten.«

»Was ich von ihm halte, soll Sie nicht kümmern. Ich will ihn heiraten, sonst nichts. Und ich bitte Sie feierlich, Sie können mich ebenso gut retten wie verdammen. Verdammen Sie mich, sind Sie ein Feigling. Und wenn Sie ein Wort gegen mich sagen, bin ich verloren.«

»Gehen Sie und werfen Sie sich in Schale für das Dinner, das ist Ihre Erlösung«, erwiderte Littlemore und verabschiedete sich an der obersten Treppenstufe von ihr.

## 9

Sein Sarkasmus war durchaus angebracht, doch auf dem Nachhauseweg spürte er, dass er kaum wusste, was er den Leuten sagen sollte, die, wie es Mrs. Headway ausdrückte, entschlossen waren, ihn einzufangen. Sie hatte einen gewissen Zauber ausgeübt; es war ihr gelungen, ihn dazu zu bringen, dass er sich verantwortlich fühlte. Der Anblick ihres Erfolgs ließ sein Herz jedoch eher verhärten; ihr Aufstieg ärgerte ihn. An jenem Abend aß er allein, während seine Schwester und ihr Mann, die einen Monat lang jeden Tag Einladungen hatten, ihr Mahl auf Kosten einiger Freunde einnahmen. Mrs. Dolphin kehrte allerdings ziemlich früh zurück und bat sogleich um Einlass in das kleine Appartement am Fuße der Treppe, das bereits als Littlemores Höhle bezeichnet wurde. Reginald war zu irgendeinem Gelage gegangen, und sie war sofort heimgekehrt, da sie ihrem Bruder etwas Bestimmtes mitzuteilen hatte, zu ungeduldig, um bis zum nächsten Morgen zu warten. Sie wirkte nervös; sie war ganz anders als Littlemore. »Ich will, dass du mir etwas über Mrs. Headway erzählst«, sagte sie, während er leicht zusammenzuckte, da ihre Worte zu seinen Gedanken passten. Er hatte sich gerade durchgerungen, endlich mit ihr zu sprechen. Sie knöpfte ihren Mantel auf und warf ihn über einen Stuhl, dann zog sie ihre langen schwarzen Handschuhe aus, die nicht so edel wie die von Mrs. Headway waren – alles Gesten, als würde sie sich auf ein wichtiges Gespräch vorbereiten. Sie war eine kleine adrette Frau, die früher hübsch gewesen war, mit einer schwachen dünnen Stimme, einer liebenswürdigen stillen Art und dem unantastbaren Wissen, welches Verhalten in jeder Lebenslage angemessen ist. Ihre Vorstellung davon war so eindeutig, dass sie für Fehltritte keine Entschuldigung parat gehabt hätte. Man hielt sie meist nicht für eine Amerikanerin, sie aber legte Wert darauf, eine zu sein, da sie sich einbildete, zu jener Sorte zu gehören, die sich in jener Nation durch Seltenheit auszeichnete. Sie war von Natur aus überaus konservativ und wurde schließlich zu einem besseren Tory als ihr Mann. Einige ihrer Freunde meinten, sie habe sich seit ihrer Heirat ungeheuer verändert. Sie wusste so viel über die englische Gesellschaft, als hätte sie sie erfunden; meist erschien sie, als hätte sie sich eben für einen Ausritt zurechtgemacht; sie hatte schmale Lippen und schöne Zähne und war so entschieden wie freundlich. Sie erzählte ihrem Bruder, Mrs. Headway habe verbreitet, er sei ihr engster Freund, und sie finde es ziemlich eigenartig, dass er sie nie erwähnte. Er gab zu, sie seit langem zu kennen, berichtete von den Umständen, unter denen sie sich begegnet waren, und fügte hinzu, dass er sie an diesem Nachmittag getroffen habe. Er saß da, rauchte seine Zigarre und sah zur Decke, während Mrs. Dolphin eine Reihe von Fragen präsentierte. Ob es zutreffe, dass er sie so gernhabe, ob es zutreffe, dass er sie für eine Frau hielt, die man ehelichen könne, ob es nicht zutreffe, dass ihr Vorleben sehr eigenartig gewesen sei.

»Ich kann dir genauso gut sagen, dass ich einen Brief von Lady Demesne erhalten habe«, sagte Mrs. Dolphin. »Er kam an, kurz bevor ich ausging, und ich habe ihn in meiner Tasche.«

Sie zog die Nachricht hervor, die sie ihm offensichtlich vorlesen wollte, er aber forderte sie nicht dazu auf. Er wusste, sie war zu ihm gekommen, um aus ihm eine Erklärung herauszupressen, die für Mrs. Headways Ziele ungünstig war, und wie wenig ihm der Höhenflug jener Dame auch gefiel, er hasste es, bedrängt und genötigt zu werden. Er schätzte Mrs. Dolphin sehr, die neben anderen Ansichten aus Hampshire auch jene von der Vorherrschaft der männlichen Familienangehörigen übernommen hatte, so dass sie ihn mit einer Rücksicht behandelte, die es für ihn zu einem regelrechten Luxus machte, eine englische Schwester zu haben. Dennoch hatte er über Mrs. Headway nichts sonderlich Ermutigendes zu sagen. Er gab ein für alle Mal zu, dass sie sich nicht ordentlich benommen hatte – man müsse deswegen keine Haarspaltereien betreiben –, aber er könne nicht erkennen, dass sie schlechter sei als viele andere Frauen, und ob sie nun heiratet oder nicht, sei ihm einerlei. Außerdem sei das nicht seine Angelegenheit, und er deutete an, dass es auch Mrs. Dolphin nichts angehe.

»Man kann sich doch aber den Ansprüchen der allgemeinen Menschlichkeit nicht widersetzen!«, erwiderte seine Schwester und fügte hinzu, dass er sehr wankelmütig sei. Er respektiere Mrs. Headway nicht, er wisse die furchtbarsten

Dinge über sie, er sehe in ihr keine passende Gesellschaft für die Seinen, und doch wolle er zulassen, dass sie sich den armen Arthur Demesne schnappt!

»Natürlich lasse ich das zu!«, rief Littlemore. »Das Einzige, was ich tun muss, ist, sie nicht selbst zu heiraten.«

»Glaubst du denn nicht, dass wir Verantwortung haben? Pflichten?«

»Ich weiß nicht, wovon du sprichst. Wenn sie damit durchkommt, soll es so sein. In gewisser Hinsicht ist es ein herrlicher Anblick.«

»Was meinst du mit herrlich?«

»Na, sie hat den Wipfel gestürmt wie ein Eichhörnchen!«

»Es stimmt schon, dass sie eine Unverfrorenheit besitzt *à toute épreuve*. Aber die englische Gesellschaft ist skandalös leichtfertig geworden. Ich habe nie zuvor solche Personen gesehen, wie man sie heutzutage akzeptiert. Mrs. Headway brauchte nur herzukommen, um Erfolg zu haben. Wenn sie glauben, dass man irgendeinen Makel an sich hat, dann laufen sie einem nach. Es ist wie die Dekadenz im alten Rom. Man sieht auf den ersten Blick, dass Mrs. Headway keine Dame ist. Sie ist hübsch, sehr hübsch, aber sie sieht aus wie eine sitzengelassene Schneiderin. In New York ließ man sie völlig auflaufen. Ich habe sie dreimal getroffen – augenscheinlich taucht sie überall auf. Ich habe nicht über sie gesprochen – ich wollte sehen, was du unternimmst, und stellte fest, dass du nichts zu unternehmen gedenkst, dann überzeugte mich dieser Brief. Er wurde geschrieben, um dir gezeigt zu werden; sie möchte, dass du ihn liest. Sie schrieb mir, bevor ich in die Stadt kam, und ich sprach gleich nach meiner Ankunft bei ihr vor. Ich halte es für ungemein wichtig. Ich sagte ihr, sie könne eine kleine Nachricht schreiben und ich würde sie dir vorlegen, sobald wir eingezogen wären. Sie hat wirklichen Kummer. Meiner Meinung nach solltest du Mitleid mit ihr haben. Du solltest die Fakten wahrheitsgetreu übermitteln. Eine Frau hat kein Recht, solche Dinge zu tun, dann dahergelaufen zu kommen und zu bitten, akzeptiert zu werden. Sie kann es sich selbst schönreden, aber nicht der Gesellschaft. Gestern Abend bei Lady Dovedale fürchtete ich, sie wüsste, wer ich bin, und würde zu mir kommen, um mit mir zu sprechen. Ich hatte solche Angst, dass ich ging. Wenn Sir Arthur sie heiraten möchte, so wie sie ist, dann kann er das natürlich tun. Aber er sollte es sehenden Auges tun.«

Mrs. Dolphin war weder aufgeregt, noch überschlugen sich ihre Worte; sie hakte einen Punkt nach dem anderen ab mit einer Seelenruhe, die den Eindruck erweckte, sie sei es gewohnt, die Vernunft auf ihrer Seite zu haben. Sie wünschte sich jedoch von Herzen, dass Mrs. Headways triumphale Karriere einer Überprüfung unterzogen würde; sie hatte die Sache schon viel zu weit getrieben. Da sie selbst eine nationenübergreifende Ehe führte, wollte Mrs. Dolphin natürlicherweise, dass die Klasse, der sie angehörte, ihre Reihen schloss und eine hohe Messlatte anlegte.

»Mir scheint, sie ist ebenso gut wie der kleine Baronet«, sagte Littlemore, der sich eine neue Zigarre anzündete.

»Ebenso gut? Wie meinst du das? Niemand hat je auch nur ein Sterbenswörtchen gegen ihn vorgebracht.«

»Höchstwahrscheinlich. Aber er ist ein Niemand, und sie ist zumindest ein Jemand. Sie ist eine Persönlichkeit und eine schlaue dazu. Außerdem ist sie genauso gut wie die Frauen, die viele der anderen geheiratet haben. Ich habe noch nie gehört, dass der englische Adel sonderlich makellos wäre.«

»Von anderen Fällen weiß ich nichts«, sagte Mrs. Dolphin, »nur von diesem einen. Zufällig wurde er mir nahegebracht, und jemand hat mich um einen Gefallen gebeten. Die Engländer sind sehr romantisch – die größten Romantiker auf Erden, falls es das ist, was du meinst. Sie tun die merkwürdigsten Dinge, weil die Leidenschaft sie dazu treibt – sogar die, von denen man es am wenigsten erwarten würde. Sie heiraten ihre Köchinnen, sie heiraten ihre Kutscher – und alle ihre Romanzen enden auf die elendste Weise. Ich bin sicher, dass auch diese äußerst übel enden wird. Wie kannst du so tun, als könne man einer Frau wie ihr vertrauen? Ich meinerseits sehe eine gute alte Familie – eine der ältesten und ehrwürdigsten in England, Menschen, die die Traditionen des guten Benehmens und hehrer Prinzipien wahren – und eine furchtbare, verrufene, vulgäre kleine Frau, die keine Vorstellung hat, was diese Dinge bedeuten, und versucht, sich in die Familie hineinzudrängen. Ich hasse es, so etwas mit anzusehen – ich möchte zu Hilfe eilen!«

»Ich nicht, die gute alte Familie schert mich nicht im Geringsten.«

»Natürlich nicht aus inneren Beweggründen, mich ebenso wenig. Aber doch sicher aus Gründen des guten Geschmacks, des Anstands?«

»Mrs. Headway ist nicht unanständig – du gehst zu weit. Denk daran, sie ist eine alte Freundin von mir.« Littlemore war ziemlich ernst geworden, während Mrs. Dolphin die Rücksicht vergessen hatte, die man nach Ansicht der Engländer Brüdern gewähren musste.

Sie vergaß sie noch ein bisschen länger. »Ach, wenn du also ebenfalls in sie verliebt bist«, murmelte sie und wandte sich ab.

Hierauf gab er keine Antwort, und die Worte glitten an ihm ab. Doch schließlich, um die Sache zu beenden, fragte er, was um Himmels willen die alte Dame von ihm erwarte. Sollte er auf den Piccadilly gehen und vor aller Welt herausposaunen, dass eines Winters nicht einmal mehr Mrs. Headways Schwester wusste, mit wem die Dame gerade verheiratet war?

Mrs. Dolphin beantwortete seine Frage, indem sie Lady Demesnes Brief vorlas, den ihr Bruder, als sie ihn wieder zusammenfaltete, als einen der außergewöhnlichsten Briefe bezeichnete, der ihm je untergekommen sei.

»Er ist sehr traurig – ein Hilfeschrei«, sagte Mrs. Dolphin. »Im Grunde steht darin, dass sie von dir besucht werden möchte. Sie schreibt es nicht wortwörtlich, aber ich kann es zwischen den Zeilen lesen. Außerdem hat sie mir gesagt, dass sie alles dafür geben würde, dich zu sehen. Sei versichert, dass du verpflichtet bist, bei ihr vorzusprechen.«

»Bei ihr vorzusprechen und über Nancy Beck herzuziehen?«

»Geh und lobe sie, wenn dir das lieber ist!« Das war ein kluger Schachzug von Mrs. Dolphin, doch ihr Bruder ließ sich nicht so leicht um den Finger wickeln. Er teilte nicht die Ansicht von seiner Pflicht, und er wollte keinen Fuß über die Schwelle Ihrer Ladyschaft setzen. »Dann kommt sie und besucht dich«, sagte Mrs. Dolphin mit Bestimmtheit.

»Wenn sie das tut, dann sage ich ihr, dass Nancy ein Engel ist.«

»Falls du das guten Gewissens über die Lippen bringst,

wird sie entzückt sein«, antwortete Mrs. Dolphin und griff nach ihrem Mantel und den Handschuhen.

Als er tags darauf Rupert Waterville wie so oft im St. George's Club traf, der seine vielfach gerühmte Gastfreundschaft den Angestellten der Gesandtschaft und den Bürgern des Landes bot, deren Interessen zu vertreten sie bemüht waren, teilte ihm Littlemore mit, dass seine Prophezeiung in Erfüllung gegangen sei und Lady Demesne um ein Gespräch gebeten habe. »Meine Schwester hat mir einen höchst bemerkenswerten Brief von ihr vorgelesen«, sagte er.

»Was für einen Brief?«

»Den Brief einer Frau, die so verängstigt ist, dass sie alles nur Erdenkliche tun würde. Ich mag ein Rohling sein, aber ihre Furcht amüsiert mich.«

»Du bist in derselben Situation wie Olivier de Jalin in *Le Demi-Monde*«, bemerkte Waterville.

»*Le Demi-Monde*?« Littlemore brauchte etwas länger, um literarische Anspielungen zu verstehen.

»Erinnern Sie sich nicht an das Stück, das wir in Paris gesehen haben? Oder wie Don Fabrice in *L'Aventurière*. Eine verdorbene Frau versucht einen ehrbaren Mann zu heiraten, der nicht weiß, wie verdorben sie ist, und die, die es wissen, schreiten ein und halten sie auf.«

»Ja, ich erinnere mich. Es wurden dabei alle möglichen Lügen aufgetischt.«

»Sie haben die Hochzeit allerdings verhindert, und das ist die Hauptsache.«

»Die Hauptsache, wenn es das ist, was einem wichtig ist. Einer war der beste Freund des Burschen, der andere sein Sohn. Demesne bedeutet mir nichts.«

»Er ist ein guter Kerl«, sagte Waterville.

»Dann gehen Sie hin und sagen's ihm.«

»Ich soll in die Rolle des Olivier de Jalin schlüpfen? Oh, das kann ich nicht, ich bin nicht Olivier. Aber ich wünschte, er würde vorbeischauen. Man sollte Mrs. Headway eigentlich nicht gewähren lassen.«

»Ich wünschte bei Gott, sie würden mich in Frieden lassen«, murmelte Littlemore kläglich und starrte eine Zeitlang aus dem Fenster.

»Halten Sie immer noch an jener Theorie fest, die Sie in Paris aufgestellt haben? Wären Sie bereit, einen Meineid zu schwören?«, fragte Waterville.

»Natürlich kann ich mich weigern, Fragen zu beantworten – selbst diese.«

»Wie ich Ihnen schon sagte, läuft das auf eine Verurteilung hinaus.«

»Wie dem auch sei, ich glaube, ich fahre nach Paris.«

»Das wäre dasselbe wie nicht antworten. Aber es ist so ziemlich das Beste, was Sie tun können. Ich habe ausgiebig darüber nachgedacht, und mir scheint aus gesellschaftlicher Perspektive, dass man sie, wie ich schon sagte, nicht gewähren lassen sollte.« Waterville erweckte den Anschein, als würde er alles von oben herab betrachten; sein Tonfall, sein Gesichtsausdruck machten seinen Höhenflug deutlich; all das bewirkte, dass Littlemore, der auf seinen belehrenden jungen Freund herabblickte, merkwürdig ärgerlich wurde.

»Nein, bestimmt nicht, ich will verdammt sein, wenn ich mich von ihnen verjagen lasse!«, rief er unvermittelt und ging fort, während sein Freund ihm nachschaute.

# 10

Am nächsten Morgen erhielt Littlemore eine Nachricht von Mrs. Headway – ein kleines, schlichtes Billet, das lediglich die folgenden Worte enthielt: »Ich werde heute Nachmittag zu Hause sein, würden Sie mich um fünf besuchen? Ich habe Ihnen etwas Bestimmtes mitzuteilen.« Er schickte keine Antwort auf diese Bitte, suchte aber zu der von seiner Gebieterin genannten Stunde jenes kleine Haus in der Chesterfield Street auf.

»Ich glaube nicht, dass Sie wissen, welche Art Frau ich bin!«, rief sie, sobald er vor ihr stand.

»Herrgott!«, stöhnte Littlemore und ließ sich in einen Sessel fallen. Dann fügte er hinzu: »Fangen Sie jetzt nicht damit wieder an!«

»Doch, das werde ich – das ist es, was ich Ihnen sagen wollte. Es ist sehr wichtig. Sie kennen mich nicht – Sie verstehen mich nicht. Sie sind vom Gegenteil überzeugt, aber das stimmt nicht.«

»Es kann nicht daran liegen, dass Sie es mir nicht – wieder und wieder – erzählt hätten!« Und Littlemore lächelte, obwohl ihn die Aussicht auf das, was vor ihm lag, langweilte. Das letzte Wort zu alldem musste lauten, dass Mrs. Headway ein Quälgeist war. Sie verdiente es nicht, geschont zu werden!

Sie starrte ihn auf seine Antwort hin wütend an, ihr Gesicht hatte das Lächeln verlernt. Sie wirkte hart und ungestüm, fast alt; die Veränderung war vollkommen. Dann ließ sie ein kurzes böses Lachen vernehmen. »Ja, ich weiß, Männer sind so dumm. Sie wissen nichts über Frauen außer dem, was ihnen die Frauen erzählen. Und Frauen erzählen ihnen absichtlich bestimmte Dinge, nur um zu prüfen, wie dumm sie reagieren. Ich habe Ihnen dergleichen nur erzählt, um mich zu amüsieren, wenn mir langweilig war. Wenn Sie es glaubten, war das Ihre eigene Schuld. Doch jetzt meine ich es ernst, ich will wirklich, dass Sie alles erfahren.«

»Ich will nichts wissen. Ich weiß genug.«

»Was wollen Sie damit sagen?«, rief sie mit geröteten Wangen. »Wie kommen Sie dazu, irgendetwas zu wissen?« Die arme kleine Frau, die leidenschaftliche Ziele verfolgte, fühlte sich nicht verpflichtet, konsequent zu sein, und das laute Lachen, mit dem Littlemore auf dieses Verhör reagierte, musste auf sie unangemessen roh wirken. »Sie sollen jedoch erfahren, was ich Ihnen mitteilen möchte. Sie halten mich für eine unanständige Frau, Sie respektieren mich nicht; schon in Paris habe ich Ihnen das gesagt. Ich habe Dinge getan, die ich bis heute nicht verstehe, das gebe ich zu, so unumwunden, wie Sie wollen. Doch habe ich mich völlig verändert, und ich möchte alles ändern. Sie sollten das nachempfinden können; Sie sollten verstehen, was ich will. Ich hasse alles, was mir bis jetzt widerfahren ist; ich verabscheue, verachte es. Ich habe auf diese Art weitergemacht – eines nach dem anderen ausprobiert. Doch jetzt habe ich, was ich will. Erwarten Sie von mir, dass ich Sie auf Knien anflehe? Ich würde es sogar tun, so große Sorgen mache ich mir. Sie können mir helfen, kein anderer kann etwas tun, niemand kann irgendetwas tun – sie warten alle nur darauf, zu sehen, ob er es tut. Ich sagte Ihnen bereits in Paris, dass Sie mir helfen könnten, und das gilt noch immer. Legen Sie ein gutes Wort für mich ein, um Himmels willen! Sie haben keinen Finger gerührt, sonst hätte ich mittlerweile davon erfahren. Nur darauf kommt es noch an. Oder mir käme zugute, wenn Ihre Schwester mich besuchen würde. Frauen sind so unbarmherzig, unbarmherzig, und Sie sind ebenfalls unbarmherzig. Es ist ja nicht so, dass sie überaus wichtig wäre, die meisten meiner Freunde sind viel bedeutender! – aber sie ist die eine Frau mit *Kenntnissen*, und die Leute wissen das. Er weiß, dass sie über diese Kenntnisse verfügt, und er weiß, dass sie mich nicht besucht. So bringt sie mich um – sie bringt mich um! Ich verstehe ganz genau, was er will – ich will alles tun, alles sein, die perfekteste Ehefrau. Die Alte wird mich vergöttern, wenn sie mich erst einmal kennenlernt – es ist zu dumm von ihr, das nicht zu begreifen. Alles, was in der Vergangenheit geschah, ist vorbei, es ist alles von mir abgefallen, es ist das Leben einer anderen Frau. Das war es, was ich wollte; ich wusste, ich würde es eines Tages finden. Was hätte ich an diesen grauenvollen Orten auch tun können? Ich musste nehmen, was ich kriegen konnte. Doch jetzt lebe ich in einem schönen Land. Ich möchte, dass Sie mir Gerechtigkeit widerfahren lassen; das haben Sie mir bislang verwehrt; deswegen habe ich nach Ihnen geschickt.«

Littlemores Langeweile war plötzlich verschwunden, doch an die Stelle dieses einen Gefühls war eine Vielzahl neuer Empfindungen getreten. Es war unmöglich, nicht gerührt zu sein; sie meinte, was sie sagte, wirklich ernst. Die Menschen ändern nicht ihr Naturell, aber sie ändern ihre Sehnsüchte, ihre Ideale, ihr Streben. Diese zusammenhanglose leidenschaftliche Beteuerung bestätigte ihm, dass sie buchstäblich danach gierte, ehrbar zu sein. Doch wie Littlemore einst in Paris gegenüber Waterville bemerkt hatte, war die arme kleine Frau, was immer sie anstellte, dazu verdammt, nur teilweise gesellschaftsfähig zu sein. Das Gesicht ihres Besuchers rötete sich, als er diesem Schwall aus Angst und Egoismus lauschte; sie hatte ihr früheres Leben nicht sonderlich gut gemeistert, aber deswegen musste sie nicht gleich auf die Knie sinken. »Es schmerzt mich sehr, das alles anzuhören«, sagte er. »Sie sind in keiner Weise verpflichtet, mir dergleichen zu offenbaren. Sie haben eine völlig falsche Vorstellung von meiner Einstellung – meinem Einfluss.«

»O ja, Sie drücken sich – Sie wollen sich nur drücken!«, rief sie und schleuderte wütend das Kissen vom Sofa, auf dem sie gesessen hatte.

»Heiraten Sie, wen Sie wollen!« Littlemore schrie diese Worte fast, als er aufsprang.

Kaum hatte er das ausgesprochen, wurde die Tür aufgerissen, und der Diener kündigte Sir Arthur Demesne an. Der Baronet trat mit einem gewissen Schwung ein, blieb aber unvermittelt stehen, als er merkte, dass Mrs. Headway einen anderen Besucher hatte. Doch als er Littlemore erkannte, rief er kurz etwas, was man für einen Gruß hätte halten können. Mrs. Headway, die aufgestanden war, als er hereinkam, ließ ihren außergewöhnlich ernsten Blick von einem der Männer zum anderen schweifen. Dann klatschte sie in die Hände wie jemand, der einen plötzlichen Geistesblitz hat, und rief: »Ich bin so froh, dass Sie beide hier sind; ich hätte es nicht besser arrangieren können!«

»Arrangieren können?«, sagte Sir Arthur und runzelte seine hohe weiße Stirn, während Littlemore langsam klar wurde, dass sie es wirklich arrangiert hatte.

»Ich werde etwas sehr Seltsames tun«, fuhr sie fort, und ihre Augen glitzerten auf eine Weise, die ihre Worte bestätigte.

»Sie sind aufgeregt, ich fürchte, Sie sind krank.« Sir Arthur stand da mit Stock und Hut; er war offensichtlich sehr verärgert.

»Es ist eine ausgezeichnete Gelegenheit, bitte vergeben Sie mir, dass ich sie ergreife.« Und sie bedachte den Baronet mit einem zärtlichen, rührenden Blick. »Ich habe das schon seit langem gewollt – vielleicht haben Sie es bemerkt. Mr. Littlemore kennt mich schon sehr, sehr lange; er ist ein alter, alter Freund. Ich habe Ihnen davon in Paris erzählt, erinnern Sie sich nicht? Nun, er ist mein einziger, und ich möchte, dass er ein Wort für mich einlegt.« Ihr Blick richtete sich nun auf Littlemore und ruhte auf ihm mit einer Liebenswürdigkeit, die den ganzen Vorgang nur noch unverfrorener machte. Sie hatte wieder begonnen zu lächeln, obwohl sie merklich zitterte. »Er ist mein einziger Freund«, fuhr sie fort. »Es ist sehr bedauerlich, Sie hätten noch andere kennenlernen sollen. Aber ich bin oft allein, ich muss das Beste aus dem machen, was ich habe. Ich wünsche mir so sehr, dass jemand anders als ich selbst für mich spricht. Frauen können diesen Dienst für gewöhnlich von einem Verwandten verlangen oder von einer anderen Frau. Ich kann das nicht; es ist sehr bedauerlich, aber es ist nicht meine Schuld, es ist mein Unglück. Keiner von den Meinen ist hier, und ich bin schrecklich allein auf der Welt. Aber Mr. Littlemore wird es Ihnen sagen; er wird Ihnen bestätigen, dass er mich seit Jahren kennt. Er wird Ihnen sagen, ob es irgendeinen Grund gibt …, ob er irgendetwas weiß, was gegen mich spricht. Er hat nach einer Gelegenheit gesucht, glaubt er doch, er könne das nicht von sich aus tun. Sie sehen, lieber Mr. Littlemore, ich behandele Sie wie einen alten Freund. Ich werde Sie mit Sir Arthur allein lassen. Bitte entschuldigen Sie mich.« Der Ausdruck in ihrem Gesicht, das sie

Littlemore zugewandt hatte, als sie diesen ungewöhnlichen Vorschlag unterbreitete, zeigte die Konzentration eines Magiers, der einen Zauber bewirken möchte. Sie lächelte Sir Arthur noch einmal zu, bevor sie aus dem Zimmer rauschte.

Die beiden Männer verblieben in der außergewöhnlichen Situation, die sie für sie geschaffen hatte; keiner der beiden regte sich, nicht einmal um ihr die Tür zu öffnen. Sie schloss sie hinter sich, und einen Moment lang herrschte ein abgründiges, unheilvolles Schweigen. Sir Arthur Demesne, der sehr blass war, starrte auf den Teppich.

»Ich befinde mich in einer unmöglichen Situation«, sagte Littlemore schließlich, »und ich kann mir nicht vorstellen, dass Sie sie akzeptabler finden als ich.«

Der Baronet bewegte sich nicht, er hob weder den Blick, noch antwortete er. Littlemore empfand plötzlich Mitleid mit ihm, der die Situation natürlich nicht akzeptieren konnte, halb krank vor banger Erwartung, wie dieser unbeschreibliche Amerikaner, der zugleich so wertvoll und so überflüssig, so vertraut und so unergründlich war, auf Mrs. Headways Herausforderung reagieren würde.

»Möchten Sie mich irgendetwas fragen?«, fuhr Littlemore fort.

Daraufhin hob Sir Arthur den Blick. Littlemore hatte diesen Ausdruck seiner Augen schon einmal gesehen; er hatte ihn Waterville beschrieben, nachdem ihn der Baronet in Paris besucht hatte. Jetzt hatte sich anderes darin vermischt – Scham, Ärger, Stolz, doch das Hauptsächliche, der starke Wunsch, etwas zu *erfahren*, trat am deutlichsten hervor.

Lieber Gott, wie kann ich es ihm sagen?, rief Littlemore im Geiste.

Sir Arthur zögerte wahrscheinlich nur einen äußerst kurzen Moment, in dem Littlemore die Uhr ticken hörte. »Gewiss, ich habe keine Fragen«, sagte der junge Mann in einem Ton, der gelassen, fast unverschämt überrascht klang.

»Dann also guten Tag.«

»Guten Tag.«

Und Littlemore ließ Sir Arthur allein zurück. Er rechnete damit, Mrs. Headway am Fuße der Treppe vorzufinden, doch niemand hielt ihn auf, als er das Haus verließ.

Am nächsten Tag nach dem Mittagessen, als er gerade das kleine Haus am Queen Anne's Gate verließ, überreichte ihm der Postbote einen Brief. Littlemore öffnete ihn und las ihn auf den Stufen seines Hauses, ein Vorgang, der nur einen Augenblick dauerte. Das Schreiben lautete wie folgt:

Lieber Mr. Littlemore,
es dürfte Sie interessieren, zu erfahren, dass ich mit Sir Arthur Demesne verlobt bin und dass unsere Hochzeit stattfinden wird, sobald ihr dummes altes Parlament die Sitzungsperiode beendet hat. Es soll noch einige Tage geheim bleiben, aber ich bin mir sicher, mich inzwischen auf Ihre Diskretion verlassen zu können.

Mit sehr herzlichen Grüßen
Nancy H.

PS – Er hat mir aufgrund dessen, was ich gestern getan habe, eine schreckliche Szene gemacht, kam aber am Abend zurück, um sich zu entschuldigen. So kommt doch noch alles in Ordnung. Er wollte mir nicht sagen, was zwischen Ihnen beiden vorgefallen ist – er verlangte von mir, das Thema nie wieder anzusprechen. Mir ist es gleich; ich war mir sicher, dass Sie ein Wort für mich einlegen!

Littlemore stopfte den Brief in die Tasche und ging weiter. Er war unterwegs, um verschiedene Dinge zu erledigen, doch vergaß er seine Geschäfte eine Weile, und bevor er sich besann, spazierte er in den Hyde Park. Er ließ die Kutschen und Reiter hinter sich und folgte der Serpentine bis in die Kensington Gardens, die er vollständig umrundete. Er war verärgert und enttäuschter, als er es sich erklären konnte – als er sich's hätte erklären können, wenn er es versucht hätte. Nun, da Nancy Beck erfolgreich war, wirkte ihr Erfolg anstößig, und es tat ihm fast leid, dass er nicht zu Sir Arthur gesagt hatte: »Na ja, sie war ziemlich übel.« Da aber die Sache nunmehr entschieden war, würden sie ihn zumindest in Frieden lassen. Er arbeitete seinen Ärger während des Spazierengehens ab, und bevor er sich den Geschäften zuwandte, wegen deren er in die Stadt gegangen war, hatte er aufgehört, an Mrs. Headway zu denken. Er kam abends um sechs nach Hause, und der Diener, der ihm öffnete, teilte ihm mit, dass Mrs. Dolphin darum gebeten habe, ihm bei seiner Rückkehr auszurichten, sie wünsche ihn im Salon zu sprechen. Eine neue Falle!, sagte er sich instinktiv, doch trotz dieses Gedankens ging er nach oben. Als er das Zimmer betrat, in dem Mrs. Dolphin häufig anzutreffen war, stellte er fest, dass sie eine Besucherin hatte. Diese Besucherin, die offenkundig gerade aufbrechen wollte, war eine große ältere Frau, und die beiden Damen standen beisammen in der Mitte des Zimmers.

»Ich bin so froh, dass du zurück bist«, sagte Mrs. Dolphin, ohne den Blick ihres Bruders zu erwidern. »Ich möchte dir liebend gern Lady Demesne vorstellen und hatte gehofft, du würdest vorbeikommen. Müssen Sie wirklich gehen – möchten Sie nicht kurz bleiben?«, fügte sie, an ihre Freundin gewandt, hinzu, und ohne auf eine Antwort zu warten, sprach sie hastig weiter: »Ich muss Sie einen Augenblick verlassen – entschuldigen Sie. Ich bin gleich wieder da!« Ehe er wusste, wie ihm geschah, fand Littlemore sich allein in Gesellschaft von Lady Demesne, und er begriff, dass sie es auf sich genommen hatte, den ersten Schritt zu tun, da er nicht bereit gewesen war, sie zu besuchen. Es war allerdings wirklich sonderbar, seine Schwester dabei zu ertappen, wie sie dieselben Tricks anwandte wie Nancy Beck!

Ach, sie ist bestimmt schon ganz zappelig!, sagte er sich, als er Lady Demesne gegenüberstand. Sie wirkte zart und bescheiden, sogar schüchtern, soweit eine große, gelassene Frau, die ihren Kopf sehr gerade hielt, derart wirken konnte; und sie war ein so vollkommen anderer Mensch als Mrs. Headway, dass sein momentanes Bild von Nancys Triumph ihr im Gegensatz dazu etwas von der Würde der Bezwungenen verlieh, was ihn Mitleid für sie empfinden ließ. Sie verlor keine Zeit und kam gleich zur Sache. Offenbar spürte sie, dass in der Lage, in die sie sich versetzt hatte, ihr einziger Vorteil darin bestehen konnte, schlicht und geschäftsmäßig aufzutreten.

»Ich freue mich so sehr, Sie auf ein Wort zu treffen. Ich würde Sie gern fragen, ob Sie mir mit Informationen über eine Person aushelfen könnten, die Ihnen bekannt ist und über die ich mit Mrs. Dolphin korrespondiert habe. Ich spreche von Mrs. Headway.«

»Möchten Sie sich nicht setzen?«, fragte Littlemore.

»Nein, danke. Ich habe nur einen Moment Zeit.«

»Darf ich fragen, warum Sie mich um diese Information bitten?«

»Ich muss Ihnen natürlich meine Gründe nennen. Ich fürchte, mein Sohn will sie heiraten.«

Littlemore war einen Augenblick lang verblüfft, dann wurde ihm klar, dass sie von der Tatsache, die ihm die Nachricht von Mrs. Headway übermittelt hatte, noch keine Kenntnis besaß. »Sie mögen sie nicht?«, sagte er und verfiel dabei unwillkürlich in einen Verhörton.

»Ganz und gar nicht«, sagte Lady Demesne lächelnd und sah ihn an. Ihr Lächeln war sanft, frei von Groll; Littlemore hielt es für beinahe schön.

»Was möchten Sie denn von mir hören?«, fragte er.

»Ob Sie sie für ehrbar halten.«

»Inwieweit würde Ihnen das helfen? Wie könnte es den Lauf der Dinge beeinflussen?«

»Es würde mir freilich nichts helfen, wenn Sie eine günstige Meinung von ihr haben. Aber wenn Sie eine solche nicht haben, dann könnte ich meinem Sohn sagen, dass die einzige Person in London, die sie länger als sechs Monate kennt, sie für eine verdorbene Frau hält.«

Dieses Attribut auf Lady Demesnes reinen Lippen ließ Littlemore nicht protestieren. Ihm war plötzlich bewusst geworden, wie notwendig es war, jene einfache Wahrheit zu äußern, mit welcher er Rupert Watervilles erste Frage im Théâtre-Français beantwortet hatte. »Ich glaube nicht, dass Mrs. Headway ehrbar ist«, sagte er.

»Ich war sicher, dass Sie das sagen würden.« Lady Demesne schnappte nach Luft.

»Mehr kann ich nicht sagen – kein einziges Wort. Das ist meine Meinung. Ich glaube nicht, dass es Ihnen helfen wird.«

»Ich denke schon. Ich wollte es aus Ihrem Munde erfahren. Das ändert alles«, sagte Lady Demesne. »Ich bin Ihnen äußerst dankbar.« Und sie reichte ihm die Hand, woraufhin er sie schweigend zur Tür begleitete.

Er spürte kein Unbehagen, keine Reue über das, was er gesagt hatte; er fühlte sich nur erleichtert, vielleicht weil er dachte, dass es nichts ändern würde. Der einzige Unterschied lag im Grundsätzlichen – in seinem eigenen Sinn für Anstand. Er wünschte sich nur, Lady Demesne gesagt zu haben, dass Mrs. Headway wahrscheinlich eine wunderbare Frau für ihren Sohn abgeben würde. Doch auch das würde nichts ändern. Er bat seine Schwester, die sich über die Kürze seines Gesprächs mit Lady Demesne sehr gewundert hatte, ihn mit jeglichen Fragen zu diesem Thema zu verschonen, und Mrs. Dolphin blieb einige Tage in dem glücklichen Glauben, dass es keine furchtbaren Amerikanerinnen in der englischen Gesellschaft geben würde, die ihr Heimatland kompromittierten.

Ihr Glauben war jedoch kurzlebig. Nichts hatte irgendetwas geändert, vielleicht war es zu spät. Die Londoner hörten in den ersten Julitagen nicht, dass Sir Arthur Demesne Mrs. Headway heiraten werde, sondern dass das Paar privat und, wie man für Mrs. Headway gern hoffte, diesmal untrennbar vereint worden war. Lady Demesne ließ sich nicht blicken, äußerte kein einziges Wort und zog sich aufs Land zurück.

»Ich glaube, du hättest es anders angehen sollen«, sagte eine sehr blasse Mrs. Dolphin zu ihrem Bruder. »Aber natürlich wird nun alles ans Licht kommen.«

»Ja, und das wird sie umso begehrter machen!«, antwortete Littlemore mit zynischem Lachen. Nach seinem kurzen Gespräch mit der älteren Lady Demesne hielt er sich nicht mehr für berechtigt, die jüngere zu besuchen, und er sollte nie erfahren – er wollte es nicht einmal wissen –, ob sie, die stolze Siegerin, ihm vergeben hatte.

Waterville – und das war wirklich eigenartig – war über diesen Erfolg regelrecht schockiert. Seiner Meinung nach hätte Mrs. Headway nie einen vertrauensvollen Gentleman heiraten dürfen, und wenn er mit Littlemore sprach, benutzte er dieselben Worte wie Mrs. Dolphin. Er dachte, Littlemore hätte sich anders verhalten sollen.

Er sprach mit einer solchen Leidenschaft, dass Littlemore ihn streng ansah – streng genug, um ihn erröten zu lassen.

»Wollten Sie sie selbst heiraten?«, fragte sein Freund. »Mein lieber Junge, Sie sind in sie verliebt! Das ist los mit Ihnen.«

Waterville leugnete es entrüstet, errötete aber noch mehr. Kurze Zeit später hörte er aus New York, dass die Leute zu fragen begannen, wer um Himmels willen diese Mrs. Headway sei.

# ANHANG

Henry James, um 1890

HENRY JAMES
*Gelegentlich Paris*

Es ist schwer zu sagen, worin genau der Vorteil eines Vergleichs zweier Völker und einer abwägenden Gegenüberstellung der Sitten und Gebräuche von Nachbarländern liegt, doch es steht fest, dass wir, während wir durch die Welt reisen, ständig dieser Beschäftigung nachgehen. Vor allem wenn wir zufällig vom unheilvollen Geist des Kosmopoliten angesteckt wurden – der unerfreulichen Konsequenz des Besichtigens vieler Länder, ohne sich in einem davon heimisch zu fühlen. Ein Kosmopolit zu sein ist meiner Meinung nach kein Ideal, das Ideal sollte ein überzeugter Patriot sein. Kosmopolit zu sein ist eine zufällige Eigenschaft, aber man muss das Beste daraus machen. Ist man, wie man so sagt, viel herumgekommen, verliert man jenes Gefühl, das den Gewohnheiten der Landsleute etwas Absolutes und Heiliges verleiht und das einen früher, in ihrer Mitte, so glücklich machte. Man hat gelernt, dass es auf der Welt viele Vaterländer gibt und dass jedes mit vorzüglichen Menschen gefüllt ist, denen die lokalen Eigenheiten als das Einzige erscheinen, das nicht weitgehend barbarisch ist. Irgendwann ist es dann so weit, dass man eine Reihe von Gebräuchen, wo immer man sie antrifft, als ebenso provinziell empfindet wie alle anderen, und dann kann man wohl erst wirklich von sich behaupten, Kosmopolit zu sein. Man hat sich angewöhnt, Vergleiche zu ziehen, nach Unterschieden und Ähnlichkeiten, vorhandenen und fehlenden Vorzügen, nach Tugenden, die mit gewissen Mängeln, und Mängeln, die mit gewissen Tugenden einhergehen, Ausschau zu halten. Falls dies armselig ist im Vergleich zum tatkräftigen Handeln in dem Umkreis, in welchem eine kluge Vorsehung einen platziert hat, den Pflichten des Steuerzahlers, Wählers, Geschworenen oder Salonbesuchers, so hat es dennoch einiges für sich. Es ist gut, ein wohlwollendes Bild von der Menschheit zu haben, und das hat im Großen und Ganzen der Kosmopolit. Begrenzt man seine Verallgemeinerungen auf den eben erwähnten Umkreis, besteht die Gefahr, dass die gelegentlichen Anfälle von Pessimismus zu heftig ausfallen. Hat man schlechte Laune, leidet darunter das ganze Land, da man in solchen Momenten nie scharfsinnig zu unterscheiden weiß und man es sich leichtmacht, die Mitbürger mittels schlechter Logik über einen Kamm zu scheren. Ist man aber, wie gesagt, viel herumgekommen, drängen sich gewisse Unterschiede auf. Das Schlimmste, was man über die Mitmenschen sagen kann, ist zum Beispiel, dass die Deutschen ein abscheuliches Volk sind. Man betrachtet sie nicht als Repräsentanten der Menschheit wie die Mitbürger der Heimatstadt, und dieses wenig schmeichelhafte Urteil hat eine schmeichelhafte Kehrseite. Wenn schon die Deutschen abscheulich sind, sagt man sich im Geiste, gibt es immerhin diese bewundernswerten Franzosen, diese charmanten Amerikaner oder diese interessanten Engländer. (Natürlich habe ich die Deutschen hier rein zufällig mit dem unvorteilhaften Beiwort verbunden. Es kann beliebig übertragen werden.) Nichts könnte unterschiedlicher sein als die Engländer und die Franzosen, so dass, wenn man mit beiden Nationen vertraut ist, ein vorteilhafter Eindruck der einen in einem bestimmten Punkt eine kritische Haltung gegenüber der anderen impliziert und umgekehrt. Dies klingt recht schockierend, es lässt den Kosmopoliten boshaft und engstirnig erscheinen. Doch möchte ich rasch hinzufügen, dass es keinen triftigen Grund gibt, weshalb selbst das empfindsamste Gewissen alarmiert sein müsste. Der kosmopolitische Geist bewirkt, dass man mit den Vorzügen aller Völker vertraut gemacht wird, dass man von der Vielzahl nationaler Tugenden überzeugt ist, so unterschiedlich sie auch sein mögen, und dass es überaus schwierig wird, ein Volk zu bevorzugen. Ich zum Beispiel neige sehr dazu, eine bessere Meinung vom englischen Volk zu haben als von jedem anderen außer dem meinen. Es gibt Aspekte, die meine Neigung fast zwangsläufig machen; es gibt Beweggründe, Reize, ja Verführungen, fast so etwas wie Bestechung. Es gab Augenblicke, als ich beinahe meine Brücken hinter mir verbrannt und erklärt hätte, dass ich von nun an aufhören würde, mir über Licht- und Schattenseiten der ausländischen Wesensart den Kopf zu zerbrechen, da es die Dinge wesentlich vereinfache, wenn man seinen Glauben an einem erwählten Volk festmacht. Hätte ich diesen kühnen Weg beschritten, hätte ich es höchstwahrscheinlich bereut. Man kann ein Zimmer als sehr bequem empfinden, wenn man darin bei offenem Fenster sitzt, und es hassen, sobald das Fenster geschlossen wurde. Verzichtet man auf das Privileg, die Engländer mit anderen Völkern zu vergleichen, würde man alsbald reflexartig einen endgültigen (und sehr ungerechten) Vergleich ziehen, der die Engländer bedeutungslos machen würde. Man sollte also lieber so oft vergleichen, wie es der Anlass gebietet. Das Ergebnis in Bezug sowohl auf ein spezielles Volk als auch auf die Menschheit im Allgemeinen könnte man erfreulich nennen, und das Unternehmen ist sowohl lehrreich als auch amüsant.

Das stellte der Autor dieser Beobachtungen bei seiner Rückkehr nach Paris fest, nachdem er länger als ein Jahr in London gelebt hatte. Er bemerkt, dass er Vergleiche anstellt, und die Ergebnisse der Vergleiche sind einige unzusammenhängende Überlegungen, die aufzuschreiben sich vielleicht als nützlich erweisen könnte. Natürlich ist Paris ein sehr alter Hut und London ein noch viel älterer, und es gibt keinen triftigen Grund, warum eine Fahrt über den Ärmelkanal den Blick auf beispiellose Weise schärfen sollte. Ich will deshalb nicht so tun, als würde ich Paris mit neuen Augen betrachten oder als hätte ich an den Ufern der Seine eine Vielzahl außergewöhnlicher Eindrücke gesammelt. Ich möchte lediglich vorgeben, dass sehr viele alte Eindrücke ihre Frische nicht verloren haben und dass es erneut Freude bereitet, die herrlichste Stadt der Welt mit Augen zu sehen, die sich auf neue Blickwinkel eingestellt haben. Tatsächlich sind mir jene Vorzüge der Schönheit und Fröhlichkeit, welche die Hälfte dessen ausmachen, was die Stadt an der Seine zu bieten hat, noch nie so unvergleichlich erschienen. Der Herbst ist erst halb verstrichen, und Paris ist schlicht und einfach leer. Die Privathäuser sind geschlossen, die Löwen sind in den Dschungel zurückgekehrt, die Avenue des Champs-Élysées ist keineswegs »mondän«. Doch habe ich Paris nie pariserischer im schönsten Sinne des Wortes erlebt: freundlicher, offenherziger, auf natürlichere Weise amüsant. Ein strahlender September trägt wesentlich dazu bei, doch ist die Empfindung, wie ich oben bereits andeutete, zweifellos in hohem Maße »subjektiv«. Denn wenn man es genau nimmt, gibt es gerade nichts Besonderes, weshalb sich Paris die Hände reiben könnte. Die Ausstellung von 1878 droht so riesenhaft am Horizont, wie es eine gewaltige Ansammlung von Gebäuden am Trocadéro nur leisten kann. Diese Gebäude sind sehr prachtvoll und phantastisch, sie überragen die Seine in ihrer unvermittelten Größe und glitzernden Neuheit wie ein Palast in einem Märchen. Das Problem dabei ist, dass die meisten Leute die Ausstellung anscheinend wirklich für ein Märchen halten. Sie sprechen von den wundervollen Bauten am Champ de Mars und am Trocadéro wie von einem Denkmal für die Torheit einiger Herren ohne Augenmaß. Gewiss erscheint der Moment nicht besonders gut gewählt, um die Welt nach Paris einzuladen, damit sie sich amüsiert. Die Welt ist zu sehr mit ernsteren Sorgen beschäftigt – mit gegenseitigem Bombardieren und Abschlachten, mit Kehldurchschneiden und Häuserabbrennen, mit dem Ermorden von Kindern und dem Verstümmeln von Müttern, mit der Abwehr von Hunger und Bürgerkrieg, mit Klagen über schwindende Ressourcen, erlahmende Wirtschaft und leere Taschen. Rom brennt viel zu schnell ab, als dass Nebensächlichkeiten auch nur den leichtsinnigsten Seelen eine Befriedigung verschaffen. Doch selbst wenn es eine bestimmte Skepsis im Hauptquartier hinsichtlich der Umsetzung dieses reizenden Plans gibt (was wohl auch der Fall ist), kann man kein Zögern erkennen, und alles schreitet so hurtig voran, als wäre die Menschheit vor Vorfreude schon ganz außer Atem. Jene vertraute Gestalt, der Pariser *ouvrier* mit seinem weißen, kreidigen Hemd, seiner abgemagerten Figur, seinem gewitzten Gesicht, ist vertrauter als je zuvor, und da er, wie ich vermute, alle Hände voll zu tun hat, verfügt er momentan über einen vergleichsweise klaren Verstand. Seinesgleichen schwärmt zu Tausenden nicht nur auf dem Gelände der Ausstellung, sondern entlang der großen Durchfahrtsstraße – der Avenue de l'Opéra –, die gerade in der Innenstadt von Paris eröffnet wurde. Sie ist eine äußerst pariserische Schöpfung, und da sie wirklich sehr nützlich ist – sie wird sehr viele Stufen und Abbiegungen und Kurven ersparen –, muss man sie wohl mit Dankbarkeit und Bewunderung erwähnen. Doch ich gebe zu, dass sie meinem Gefühl nach viel eher zu jener Art Wohltaten gehört, welche während der zwanzig Jahre des Empire den Straßen von Paris allmählich neun Zehntel ihrer Unverwechselbarkeit raubten. Die tödliche Monotonie des Paris, das Monsieur Haussmann schuf – seine große, leere, pompöse, formlose Gleichheit –, überwältigt zuweilen den flanierenden Fremden mit einer Gewalt, die ihn den Erfinder dieses architektonischen Gemeinplatzes verfluchen lässt. Die neue Straße entspricht dem imperialen System ganz und gar; sie muss dem verstorbenen Napoleon III. ein seliges Lächeln entlocken, wenn er von seiner bonapartistischen Ecke des Paradieses herabschaut. Sie erstreckt sich geradewegs von der protzigen Fassade der Oper zu den Türen des Théâtre-Français, und man muss einräumen, dass die Aussicht, die an einem Ende von der großen, mit Skulpturen verzierten und vergoldeten Masse des erstgenannten Gebäudes geschlossen wird, etwas Schönes an sich hat. Allerdings riecht sie nach modernem Asphalt; sie wird von großen weißen Häusern flankiert, die mit maschinell gefertigten Arabesken geschmückt sind, von denen jede so sehr der anderen gleicht, dass sogar die weiße Hausnummer auf der kleinen blauen Porzellantafel, die genauso aussieht wie alle anderen Hausnummern, kaum eine Identität erzeugt. Bald wird es eine lange Reihe von Bekleidungsgeschäften und Schokoladenläden in den Erdgeschossen dieser gleich aussehenden Häuser geben, und die hübschen Hauben und Bonbonnieren hinter den glänzenden Schaufenstern werden mit Bändern versehen sein, die so *chic* sind, dass man nach Paris kommen muss, um sie sich anzusehen. Dann werden in regelmäßigen Abständen entlang des Randsteins verglaste Wachhäuschen stehen, in denen mürrische alte Frauen sitzen und von jeder Tageszeitung ein halbes Dutzend Exemplare verkaufen, und auf dem gehärteten Asphalt wird der junge Pariser unserer Tage, der ziemlich blass aussieht und imposante Manschetten trägt, unablässig seine Kreise ziehen. Und die neue Straße wird sich als großer Erfolg erweisen, denn an ihr werden sich in symmetrischer Anordnung zwei der wichtigsten Institutionen Frankreichs gegenüberstehen – der Tempel der französischen Musik und der Tempel der französischen Komödie.

Ich sagte gerade, dass es nichts gibt, was unterschiedlicher wäre als England und Frankreich, und obwohl die Bemerkung nicht originell ist, äußerte ich sie so spontan, wie es ein Reisender zwangsläufig tun würde, wenn er ein Land verlassen hat und in das andere einreist. Inzwischen ist es natürlich eine sehr abgedroschene Beobachtung, doch wird sie so lange gemacht werden, wie Boulogne das lebendige Gegenstück zu Folkestone bleibt. Ein Amerikaner, der sich der über seinen eigenen riesigen Kontinent verstreuten Familienähnlichkeit bewusst ist, ist immer wieder aufs Neue überrascht, dass so wenig von diesen beiden benachbarten Städten auf die jeweils andere abgefärbt hat. Er staunt über gewisse Engländer, die sich so fern von Frankreich fühlen, und über alle Franzosen, die sich so fern von England fühlen. Kürzlich bin ich von Boulogne aus mit einigen liebenswürdigen und geistreichen jungen Briten, die zehn Tage in Paris verbringen wollten, im selben Zugabteil gereist. Es war ihr erster Aufenthalt in Frankreich; sie hatten noch nie ihre Heimatinsel verlassen; und als ich mit ihnen ein wenig plauderte, war ich verblüfft, dass sie kaum etwas über französische Sitten und Gebräuche wussten. Sie waren durchaus intelligente Burschen, augenscheinlich kamen sie direkt von der Universität, doch hinsichtlich des interessanten Landes, in das sie gerade einreisten, waren sie nahezu ahnungslos. Hätte aus der Tasche des Schaffners, der an der Abteiltür erschien, um die Fahrkarten zu kontrollieren, ein Froschschenkel geragt, dann wäre ihr einziges, stark ausgeprägtes Vorurteil bestätigt worden. Ich verabschiedete mich von ihnen am Pariser Hauptbahnhof und zweifelte nicht daran, dass sie alsbald damit beginnen würden, wertvolle Entdeckungen zu machen. Ich habe sie keineswegs erwähnt, um mich über ihre Inselmentalität lustig zu machen – die ich eigentlich ganz nett finde, wenn sie von großer Bescheidenheit begleitet wird –, sondern weil ich seit meinem letzten Frankreichbesuch selbst etwas insular geworden bin und insofern besser nachfühlen konnte, was man bei einer Ankunft empfindet.

Die Helligkeit scheint immer dann einzusetzen, wenn man sich noch auf dem Ärmelkanal befindet, wenn man die Küste Frankreichs noch kaum erkennen kann. Man reist in ein Gebiet mit hellerem Licht – eine Zone der Klarheit und Farbe. Diese Eigenschaften werden heller und kräftiger, sobald man sich dem Land nähert, und steht man erst an jenem guten Kai von Boulogne, zwischen den blauen und roten Zöllnern und

Soldaten, den kleinen hässlichen Männern in himmelblauen Hemden, den bezaubernden Fischverkäuferinnen mit ihren gefalteten Schultertüchern und den gestärkten Rüschen an ihren Hauben, ihren kurzen gestreiften Unterröcken, ihren engsitzenden Strümpfen und ihren kleinen klappernden Holzschuhen – wenn man sich in der rauchfreien Luft umsieht, die rosafarbenen und gelben Häuser betrachtet, die nah gelegenen Kaffeehäuser mit den weißgetünchten Fassaden, ihren knallblauen Schildern, den Spiegeln und Marmortischen, dem aufmerksamen, schmucklosen Ober mit der weißen Schürze, der eine riesige Kaffeekanne an einem ausladenden Henkel hochhebt – wenn man all diese Dinge sieht, spürt man die zusätzliche Würze, die das Fremdsein dem Malerischen verleiht, oder man fühlt vielmehr, dass schlichtes Fremdsein allein das Malerische ausmacht, denn die Einzelheiten des Bildes, das ich eben skizzierte, sind gewiss nicht besonders edel. Das macht nichts, man amüsiert sich, und dieses Amüsement hält an, indem es einfach durch einen Besuch der Imbissstube am Bahnhof geschürt wird, die besser ist als das entsprechende Etablissement in Folkestone. Es ist ein Vergnügen, wenn einem jemand wieder aus eigenem Antrieb etwas zu essen anbietet; es ist ein Vergnügen, festzustellen, dass ein Kännchen Bordeaux bereits ganz selbstverständlich neben dem Teller steht; es ist ein Vergnügen, eine Serviette zu haben; vor allem ist es ein Vergnügen, die guten langen französischen Brotstangen in die Hand zu nehmen – da Brot als Stab des Lebens bezeichnet wird, backen die Franzosen ihr Brot buchstäblich stabförmig – und ein lockeres, knuspriges, krustiges Stück abzubrechen.

Es gibt natürlich auch Eindrücke, die die gute Laune gefährden. Keinem ehrlichen Angelsachsen kann ein französischer Bahnhof gefallen, und beinah hätte ich hinzugefügt, dass keinem ehrlichen Angelsachsen ein französischer Bahnbeamter gefallen kann. Doch würde ich nicht so weit gehen, schließlich kann ich mich nicht erinnern, dass mir einer dieser Funktionäre je großen Ärger bereitet hätte, es sei denn, indem er mich als Übeltäter einsperrte. Man muss jedoch notgedrungen hinzufügen, dass der ehrliche Angelsachse in einem französischen Bahnhof ständig gereizt ist, was daran liegen mag, dass er merkt, wie die freundliche Art der Franzosen verlorengeht, sobald sie eine Beamtenuniform anlegen. Ich glaube, dass manch bescheidener und liebenswürdiger Franzose verdorben wurde, weil er sich etwas auf die Messingknöpfe an seinem Mantel und die Streifen an seiner Hose einbildete, und der Anblick dieser aggressiven Abzeichen löst in mir immer einen moralischen Einwand aus. Ich wiederhole, dass meine Abneigung ihnen gegenüber teils theoretisch begründet ist, denn ich habe im Allgemeinen festgestellt, dass eine höfliche Frage sogar von den Beamten, die am amtlichsten aussehen, höflich beantwortet wird. Doch habe ich ebenso erlebt, dass ein Beamter einen übermäßig weiten Begriff davon hat, zu wie viel Höflichkeit er verpflichtet ist; lässt er sich einmal dazu herab, einem zu Diensten zu sein, dann geschieht es offensichtlich aus dem Gefühl heraus, dass wahre Größe es sich leisten kann, die Förmlichkeit abzulegen. Man wird unablässig dazu ermahnt, nicht anmaßend zu sein. In England leisten sich die »unteren Klassen« nie solche Andeutungen. In Frankreich ist die »Verwaltung« das Erste, womit man in Berührung kommt; man gewöhnt sich rasch daran, aber man spürt, dass man währenddessen die Blüte seiner Selbstachtung verloren hat. Natürlich ist man ihr verpflichtet. Sie hat einen in Folkestone von Bord des Dampfers gehen lassen; einen veranlasst, einem Herrn mit Säbel, der am hinteren Ende der Planke steht, seinen Namen zu sagen – freilich kein gezogener Säbel, aber dennoch, beim Polizeieinsatz eine äußerst üble Waffe; sie hat einen in den Bahnhof geleitet, ein Zugabteil zugewiesen, also einen Sitzplatz; dann nach Paris transportiert, wieder aus dem Zug hinausgeleitet und unter einer Art militärischer Aufsicht in eine Einfriedung geführt, in der einige Schafställe für Menschen stehen, in die man eine gute halbe Stunde eingekerkert wird. An diesen Orten bin ich immer versucht, einen meiner Kerkermeister zu fragen, ob man auf Bewährung Ausgang erhalte. Die Verwaltung hat einen schließlich wieder aus dem Stall entlassen und mittels eines Funktionärs, der einen in ein Büchlein »einschreibt«, in eine Droschke befördert, die nach einer ganz eigenen Logik ausgewählt wird. Indem sie das alles für einen tut, hat sie schon einiges geleistet, doch irgendwie wirken ihre guten Dienste so, dass man sich verstimmt und gereizt fühlt. Kürzlich, als ich aus London eintraf und auf mein Gepäck wartete, sah ich einige der Träger, die die Siebensachen der Reisenden zur Droschke bringen, wie sie die Münze, die sie eben für ihre Arbeit erhalten hatten, einem speziell zu diesem Zweck in einer Ecke stationierten Beamten übergeben, der das Trinkgeld in ein kleines Buch eintrug. Die *pourboires* werden offensichtlich in einer Gemeinschaftskasse gesammelt und in der Gilde der Gepäckträger verteilt. Das System ist zweifellos ein vorzügliches, das exzellent umgesetzt wird, doch der Anblick des armen breitschultrigen Lastenträgers, der seine Münze in die Hand des amtlichen Rechenkünstlers gab, erinnerte mich im Geiste daran, dass das Individuum, der Mensch an sich, etwas verliert, wann immer die Verwaltung etwas übernimmt.

Hat man eine Zeitlang in London gelebt, beobachtet man das Individuum in Paris mit erhöhter Aufmerksamkeit, und man muss wohl sagen, dass es anfangs einen unscheinbaren Eindruck macht. Es kommt einen so vor, als sei das Volk physisch und charakterlich schwächer als jene große Familie stattlicher, gesund aussehender Menschen, die man auf der anderen Seite des Ärmelkanals zurückgelassen hat. Ich erinnere mich, dass mir, als ich vor einem Jahr einmal nach England reiste und an einem tristen, verhagelten Sonntagabend in Folkestone von Bord ging, zunächst einmal auffiel, wie gut die Bahnhofsgepäckträger aussahen – ihre breiten Schultern, ihre großen braunen Bärte, ihre wohlgeformten Glieder. Als ich dann auf ähnliche Weise an einem strahlenden Sonntagmorgen in Boulogne landete, war es unmöglich, die kleinen Männer mit ihren nummerierten Mützen, die auf meinem Weg gestikulierten und plauderten, nicht für ziemlich hässliche Kerle zu halten. Reist man aus anderen Ländern an, ist man über die mangelnde Würde in den französischen Gesichtern verblüfft. Ich weiß allerdings nicht, ob diese Tatsache wirklich schlimmer ist als die, dass das französische Gesicht ausdrucksvoll ist; denn in gewisser Weise könnte man sagen, dass, wenn man alles auszudrücken vermag, es die eigene Würde beeinträchtigt, die doch lieber mühelos verstanden werden möchte. Bei den unteren Klassen verflüchtigt sich dieser Eindruck; man erkennt, dass das gute Aussehen der französischen Arbeiter auf ihrem intelligenten Blick beruht. Diese Menschen in Paris kommen mir immer wieder aufs

Neue wie die klügsten, verständnisvollsten und im intellektuellen Sinn menschlichsten ihrer Klasse vor. Der Pariser *ouvrier* mit seinem demokratischen Hemd, seinem ausdrucksvollen, gefühlvollen, freundlichen Blick, seinen schlanken Gliedern, seinen ungleichmäßigen spitzen Zügen, seinem blassen Teint, seinem müden und zugleich lebhaften Gesicht, seiner unbeschwerten, nervösen Haltung ist ein Typ, dem ich immer wieder mit Vergnügen begegne. In einigen Fällen sieht er verkommen und verderbt aus, doch schlimmstenfalls wirkt er kultiviert; er hat eine äußerst lebhafte Auffassungsgabe, etwas, woran man Gefallen findet.

Vielleicht braucht man Mut, um so etwas zu sagen, nachdem man *L'Assommoir* gelesen hat, doch in Monsieur Émile Zolas außergewöhnlichem Roman muss man einiges der furchtbar schmutzigen Phantasie des Autors »in die Schuhe schieben«, wie die Franzosen sagen. *L'Assommoir* hatte, wie man mir sagte, großen Erfolg bei den unteren Schichten des Pariser Lebens, und wenn diese Tatsache dem Feingefühl der bescheidenen Leser von Monsieur Zola auch keine Ehre macht, beweist sie doch sehr wohl, dass sie intelligent sind. Trotz all seiner Grobheiten ist das fragliche Buch im Wesentlichen eine literarische Leistung; man muss einigermaßen klug sein, um daran Gefallen zu finden. Ich glaube, den jungen Damen, die in der Umgebung des Quartier Latin wohnen, gefällt es sehr – jenen jungen Damen, die man vor dreißig Jahren *grisettes* nannte; wie man sie heute nennt, weiß ich nicht. Sie kennen lange Passagen daraus auswendig und zitieren sie mit endloser Begeisterung. »Ce louchon d'Augustine«, das schreckliche kleine Mädchen mit dem Silberblick, das ständig üble Streiche spielt und Schlägen und

Wurfgeschossen in Gervaises Laden ausweicht, ist ihr besonderer Liebling, und man muss zugeben, dass »ce louchon d'Augustine«, was Wirklichkeitstreue angeht, eine herrliche Schöpfung ist.

Wenn große und kleine Pariser auch intelligenter wirken als die Menschen, denen man in London begegnet, überrascht es andererseits, dass die besseren Leute in Paris viel weniger »ehrbar« aussehen. Bevor ich nach Paris zurückkehrte, wusste ich nicht, wie sehr ich mich an die englische Prägung gewöhnt hatte, die ich sogleich vermisste, und zwar bei den Männern viel mehr als bei den Frauen, denn die gutgestellte Französin der unteren Klassen, die man in der Öffentlichkeit, auf den Straßen und in den Kaufhäusern sieht, ist stets eine wunderbar gemütliche und ehrenvolle Person. Ich muss gestehen, dass ich größte Bewunderung für sie hege, eine Bewunderung, die wächst, je besser ich sie kennenlerne. Sie zumindest ist grundsätzlich ehrbar; die Sauberkeit, Schlichtheit und Nüchternheit ihrer Kleidung, die Entschlossenheit ihrer Bewegungen und Worte lassen auf bürgerliche und häusliche Tugenden schließen: Ordnungsliebe, Sparsamkeit, Genügsamkeit, die moralische Notwendigkeit, einen guten Eindruck zu machen. Für den Fremden in Frankreich ist es sicher eine Binsenweisheit, dass die Frauen aussehen, als seien sie den Männern weit überlegen. Ihre Überlegenheit scheint tatsächlich anerkannt zu werden, denn wohin man auch sieht, sie stehen immer in der ersten Reihe. Eigentlich trifft man sie zu oft, manchmal nennt man sie aufdringlich. Bestellt man seine Stiefel oder Hemden, ist es ärgerlich, wenn man seine Wünsche selbst einer noch so hübschen weiblichen Angestellten vortragen muss; zwar gibt es nur wenige Einschränkungen des weiblichen Intellekts, doch treten sie deutlich hervor, und Frauen können gewisse männliche Bedürfnisse einfach nicht verstehen. Mr. Worth fertigt Damenkleider an; andererseits bin ich mir sicher, dass es nie eine modische Schneiderin geben wird. Allerdings gibt es Punkte, an denen, aus kommerzieller Sicht, weibliche Unterstützung unschätzbar wertvoll ist. Auf den Vorzügen eines Artikels zu beharren, mit dem man unzufrieden ist, einen zu überreden, ihn dennoch zu kaufen, eine fragwürdige Rechnung zu verteidigen, die notwendigen Komplimente zu machen oder für die nötige Unverschämtheit zu sorgen – in all diesen Dingen hat das taillierte Geschlecht besondere und kostbare Fähigkeiten. Bei den Pariser Kaufleuten wendet der Mann sich stets an die Frau, diese tritt immer in den Vordergrund. Immer ist es die Frau, die Geschäftsbedingungen vorschlägt. Ziehen Sie los und suchen Sie nach einer möblierten Wohnung, Sie werden immer auf einen Concierge und seine Frau treffen. Erkundigt man sich nach dem Preis der Zimmer, nimmt die Frau ihrem Mann das Wort aus dem Mund, falls er sich nicht schon vorher mit fragendem Blick an sie gewandt hat. Sie hat einen im Griff; sie macht Vorschläge; sie denkt an Dinge, an die er nie gedacht hätte.

Als ich eben das Fehlen von »Ehrbarkeit« im äußeren Erscheinungsbild der Pariser erwähnte, meinte ich, dass die Männer nicht wie Gentlemen aussehen, was bei so vielen Engländern der Fall ist. Der durchschnittliche Franzose, dem man in der Öffentlichkeit begegnet, ist vom Durchschnittsengländer so verschieden, dass es leichtfällt, zu glauben, die beiden würden einander bis zum Ende aller Zeiten nicht verstehen. Der Franzose hat immer ein vergleichsweise bohemehaftes, wissendes Aussehen; sein Gesichtsausdruck, seine Hautfarbe, sein Mienenspiel wurden nicht zu dem neutralen Ausdruck jener Lebensart herabgemildert, der wir im Englischen das Attribut »good« beimessen. Er ist affektierter und zugleich natürlicher; das Erstere da, wo sich der Engländer positiv verhält, das Zweite da, wo sich der Engländer negativ verhält. Er nimmt vor einem Freund mit großem Schwung seinen Hut ab, doch der Engländer verbeugt sich nie. Er macht einen Knoten in das Ende seiner Serviette und stopft sie sich in den Hemdkragen, so dass ihm, wenn er beim Frühstück sitzt, die Serviette als Lätzchen dient. Solch ein Verfahren erscheint dem Engländer ebenso kindisch wie das Schwenken des Hutes prahlerisch.

Manchmal frühstücke ich in einem Café am Boulevard, das ich früher überaus regelmäßig besuchte. Als ich kürzlich dort eintrat, sah ich genau dieselben Stammgäste an ihren kleinen Tischen, und als ich sie über den Rand meiner Zeitung hinweg beobachtete, rief ich im Geiste, wie verschieden sie doch von den Herren waren, denen man auf dieselbe Weise in einem Londoner Club begegnet. Wer sind sie? Was sind sie? Darüber weiß ich nichts, doch die Phantasie des Fremden scheint keine majestätische Gesellschaftsordnung hinter ihnen emporragen zu lassen, wie es in London der Fall wäre. Er geht so weit, anzunehmen, dass ihr Hintergrund nicht für das Licht der Öffentlichkeit geeignet ist, während eure Engländer, welche charakterlichen Mängel sie sonst auch aufweisen oder wie exzentrisch sie sich verhalten mögen, eine gewaltige Menge persönlicher Anstandsformen und -hilfen, häuslicher Konventionen und kirchlicher Gebote im Rücken haben. Dennoch ist es nett, in ein Café zurückzukehren, in dem man früher Stammgast war. Adolphe oder Edouard in seiner langen weißen Schürze und seinen großen Lacklederschuhen erinnert sich perfekt an »les habitudes de Monsieur«. Er erinnert sich an den Tisch, den man bevorzugt, den Wein, den man getrunken, die Zeitung, die man gelesen hat. Er begrüßt einen mit dem freundlichsten Lächeln und bemerkt, dass es lange her sei, seit er das Vergnügen gehabt habe, Monsieur zu sehen. Diese schlichte Bemerkung hat etwas sehr Anrührendes für ein Herz, das durch jenes unvergängliche Schweigen des britischen Dieners gelitten hat. Doch in Paris findet ein solches Herz auf Schritt und Tritt Trost; es wird an jene wahrlich klassische Eigenschaft der französischen Natur erinnert – seine Geselligkeit, eine Geselligkeit, die hier zum Zuge kommt, wie es in England nie der Fall ist, von unten nach oben. Ihr Ober begrüßt Sie, wozu ihn letztlich etwas Menschliches in ihm veranlasst; sein Instinkt lässt ihn ein paar Worte sagen, und sein Taktgefühl empfiehlt ihm, sich freundlich zu äußern. Die offensichtliche Idee ist, dass ein Ober nicht viel sagen darf, nicht einmal um menschlich zu erscheinen. Doch in Frankreich machen die Leute stets gern noch eine zusätzliche Bemerkung, die über das Notwendige hinausgeht. Ich bleibe vor einem kleinen Mann stehen, der an der Straßenecke Zeitungen verkauft, und frage ihn nach dem *Journal des débats*. Seine Antwort verdient es, wörtlich wiederholt zu werden: »Je ne l'ai plus, Monsieur; mais je pourrai vous donner quelque chose à peu près dans la même genre – la *République française*.« Sogar eine Person aus so bescheidenen Umständen wie er müsste es insgeheim als komisch empfinden, irgendetwas Ebenbürtiges für das »genre« der altehrwürdigen, klassischen, akademischen *Débats* anbieten zu wollen. Doch mein Freund konnte es nicht ertragen, mir eine schlichte, einsilbige Absage zu erteilen.

Zwei Dinge gibt es, die der zurückkehrende Beobachter höchstwahrscheinlich so unverzüglich wie möglich tun wird. Das eine ist, in einem *cabaret* zu speisen, das er in guter Erinnerung behalten hat; das andere ist ein Besuch des Théâtre-Français. Die Saison hat gerade erst begonnen, es gibt keine neuen Stücke, doch es hat mir großes Vergnügen bereitet, einige der alten anzusehen. Ich verlor keine Zeit, Mademoiselle Sarah Bernhardt in *Andromaque* zu erleben. *Andromaque* ist nichts Neues, doch Mademoiselle Sarah Bernhardt besitzt eine immerwährende Frische. Das Stück wurde wiederaufgeführt, um ihr die Gelegenheit zu bieten, nicht die Hauptrolle, die gekränkte und leidenschaftliche Hermione, zu spielen, sondern die traurige, trauernde Witwe Hectors. Diese Rolle ist eigentlich ziemlich schlecht; sie ist klein und eintönig und bietet wenige Möglichkeiten, sich hervorzutun. Doch die Schauspielerin weiß sich Gelegenheiten zu schaffen, und hier hat sie einen durchaus zureichenden Grund, ihre dünnen weißen Arme über ihren wogenden schwarzen Roben zu kreuzen und mit einer Silberzunge ihre Klagelieder zu singen. Die Art, wie sie sich der Rolle annimmt, beweist aufs Neue ihre einmalige Intelligenz – die Raffinesse ihrer Künstlernatur. Da die Rolle nicht viel Text zu bieten hat, hat sie das Beste aus ihren darstellerischen Aspekten herausgeholt. Sie versteht wie niemand sonst die Kunst der Bewegung und Pose, und ihre außergewöhnliche persönliche Anmut verlässt sie nie. Ihre *Andromaque* hat Posen von größter poetischer Darstellungskraft – etwas, was den gebrochenen

Stiel und die geknickte Blüte einer abgerissenen Blume vermittelt. Sie beugt sich über ihre klassische Vertraute wie die Figur des schmerzlichen Verlusts auf einem Fresko, und sie hat eine wundervolle Art, ihre zarten Arme zu heben und nach hinten zu werfen, sie zu verschränken und hinter ihrem gesenkten Haupt hochzuziehen.

*Le Demi-Monde* von Monsieur Dumas dem Jüngeren ist auch nicht neu; doch ich stimme mit Monsieur Francisque Sarcey vollkommen überein, dass sie im Großen und Ganzen ihrer Form nach die beste Komödie unserer Zeit ist. Ich habe sie mehrmals gesehen, und ich besuche keine Vorstellung, ohne von ihren Vorzügen nicht jedes Mal erstaunt zu sein. Für das Drama unserer Gegenwart wird sie immer das Vorbild bleiben. Die fesselnde Geschichte, die stille Art, mit der sie sich entfaltet, die Natürlichkeit und Nüchternheit der Mittel, die eine große Wirkung erzielen, die geistreichen und gehaltvollen Dialoge – all das macht sie zu einem unverwechselbar perfekten und interessanten Werk. Natürlich wird sie im Théâtre-Français bewundernswert gut gespielt. Madame d'Ange war ursprünglich eine zu vielschichtige Rolle für Mademoiselle Croizette, doch allmählich füllt sie sie aus und ergreift von ihr Besitz; sie beginnt ein Gefühl für die »infernalische Gelassenheit« zu vermitteln, die George Sand irgendwo als Hauptcharakterzug dieser Figur bezeichnet hat. Was Delaunay angeht, er leistet nicht weniger, ist aber lebhafter und ritterlicher, als es die Rolle des Olivier de Jalin vorsieht. Wenn ich von Ritterlichkeit spreche, dann mit einer Einschränkung, denn was für ein komischer Kauz ist doch dieser Monsieur de Jalin! Als ich *Le Demi-Monde* noch einmal sah, war ich mehr denn je überrascht über die eigenartige

Moral des Stücks und wie das Ideal guten Benehmens sich in den verschiedenen Nationen unterscheidet. *Le Demi-Monde* handelt von dem eifrigen, fast heldenhaften Streben einer klugen und starken Frau, die sich etwas zuschulden hat kommen lassen, das die Franzosen »Fehltritt« nennen, und die von den ungebührlichen und zweifelhaften Kreisen, in die sie dieser Fehltritt geführt hat, zu dem aufsteigen möchte, was man eindeutig als »gute Gesellschaft« bezeichnet. Die einzige Möglichkeit, das zu bewerkstelligen, besteht darin, einen ehrbaren Mann zu heiraten; und um selbigen ehrbaren Mann dazu zu bringen, muss sie die eher schändlichen Tatsachen ihres Lebenslaufs verheimlichen. Da er sie für eine ehrliche Frau hält, verliebt sich Raymond de Nanjac in sie und macht ihr einen ehrlichen Heiratsantrag. Doch Raymond de Nanjac ist eng mit Olivier de Jalin befreundet, und die Handlung des Stücks dreht sich vornehmlich um dessen Bemühungen – die von Erfolg gekrönt werden –, seinen Freund vor der Schande einer Heirat mit Suzanne d'Ange zu bewahren. Jalin weiß viel über sie, schon weil er früher ihr Liebhaber war. Ihre Beziehung war durchaus harmonisch, doch von dem Moment an, da Suzanne Nanjac ins Visier nimmt, erklärt ihr Olivier den Krieg. Suzanne kämpft hart, um ihren Verehrer nicht zu verlieren, der sie leidenschaftlich liebt, und Olivier scheut keine Mühen, ihn von ihr abzubringen. Es sind die Mittel, die Olivier anwendet, die den angelsächsischen Zuschauer verblüffen. Er ist der Meinung, dass in solch einer Situation der Zweck die Mittel heiligt, und als er auf dem Höhepunkt des Stücks eine dreiste Lüge erzählt, damit Madame d'Ange sich kompromittiert und ihren wahren Charakter offenbart, wird er vom Autor als »le plus honnête homme que je connais« bezeichnet. Madame d'Ange ist, wie ich schon sagte, eine starke Frau; das Interessante an dem Stück ist ebendieser Aspekt. Olivier war einst ihr Liebhaber; er selbst ist einer der Gründe, warum sie Nanjac nicht heiraten sollte; er hatte ihr den Stoß versetzt, der sie in den Abgrund führte. Doch es ist eigenartig, wie wenig das den Autor davon abhält, ihn für den geeigneten Gegner in einem Kampf zu halten, in dem sie die deutlich schwächere Person ist. Ein englischsprachiges Publikum ist »moralischer« als ein französisches, lässt sich leichter schockieren, und doch würden die Sympathien eines englischsprachigen Publikums, wenn es das Stück zu sehen bekäme, eindeutig nicht bei Monsieur de Jalin liegen. Es würde ihn eher einen Feigling nennen. Ist dies der Fall, weil ein solches Publikum, obwohl es keine so hübsche Sammlung von Podesten zur Erhöhung des schönen Geschlechts hat, letztlich mangels allzu großer Ritterlichkeit viel zartbesaiteter ist? Madame d'Ange hat Schande über sich gebracht, und es steht außer Zweifel, dass solche Damen keineswegs von ehrbaren jungen Männern zum Altar geführt werden sollten. Der Punkt ist nicht, dass das englischsprachige Publikum geneigt wäre, Madame d'Anges Fehltritte zu verzeihen, sondern dass es vom Schauspiel der meisterhaften Intrige ihres ehemaligen Liebhabers völlig ungerührt bliebe und sie nicht für ausnehmend bewundernswert halten würde. Auch würde es die Lüge, durch die er letztlich den Sieg erringt, nicht als Beweis besonderer Ehrlichkeit werten. Das Ideal unseres Publikums könnte man vielleicht mit folgenden Worten zum Ausdruck bringen: »Das ist doch wirklich nicht fair. Könnt ihr die arme Frau nicht in Ruhe lassen?«

## *Ein Kind des fernen Westens*
### Nachwort

Henry James neigte dazu, seine eigenen Texte äußerst selbstkritisch zu betrachten. Als er 1904 begann, eine dreiundzwanzigbändige Ausgabe seiner Romane und Erzählungen vorzubereiten, und dabei seine älteren Arbeiten auf die Waagschale legte, wurde so manches für zu leicht befunden, für unbedeutend erklärt oder als Jugendsünde abgehakt. Eigentlich hielt der »Master« in den Jahren, in denen er so komplexe und vieldeutige Werke wie *Die Flügel der Taube* und *Die Gesandten* vorlegte, alles für wertlos, was er vor 1890 veröffentlicht hatte, und so fiel es ihm leicht, einen Roman wie *Die Erbin vom Washington Square*, der bis heute geliebt, gelesen und bewundert wird, aus seiner großen New-York-Edition zu streichen. Die Novelle *Daisy Miller*, deren Erfolg beim Publikum den Ruhm des Autors begründet hatte, hätte er wohl ebenfalls gern ausgeklammert, konnte das aber aus rein kommerziellen Gründen nicht tun. Die hier zum ersten Mal in einer Ausgabe, die Text und Quelle anschaulich zusammenführt, präsentierte Novelle *Eine Dame von Welt* (*The Siege of London*) wurde in die Sammlung aufgenommen, aber in dem eigens geschriebenen Vorwort zu Band XIV kurz und knapp als »arme kleine Geschichte« abgetan, deren einziger interessanter Aspekt, die Hauptfigur Mrs. Headway, ihre Originalität dank einer Fülle ähnlich angelegter Figuren längst eingebüßt habe.

Man sollte diesen Einwand des Autors nicht gelten lassen, denn in seiner Erzählung steckt viel mehr, als James in seinem nachträglichen Kommentar einräumen wollte: Sie offenbart seine besondere Beziehung zur moralischen Komödie, wie sie im Frankreich der Dritten Republik Mode war, sie reflektiert seine eigene Erfahrung mit der englischen Gesellschaft und dem Kreis der amerikanischen Exilanten in London und Paris, und sie kann in gewisser Weise als Satire auf sein eigenes bekanntestes Werk gelesen werden.

»Satire« ist freilich ein Begriff, der für die feine, hintergründige Ironie, die für James' Literatur so wesentlich ist, ein wenig unpassend erscheint. Der Biograph R. W. B. Lewis bevorzugte daher »Inversion« (Umkehrung) als die genauere Bezeichnung einer Erzählung, die Motive und Figuren einer Vorlage auf den Kopf stellt. Die entsprechenden Gegensätze in *Daisy Miller* und *Eine Dame von Welt* sind offensichtlich: Der erstgenannte Text porträtiert ein junges, unschuldig wirkendes, offenes und ehrliches, etwas kokettes und naives Mädchen aus einer wohlhabenden Familie der amerikanischen Ostküste, das planlos staunend das alte Europa erkundet; der zweite, einige Jahre später verfasste Text handelt von einer abgeklärten, mehrfach geschiedenen und verwitweten Frau von der Westküste, die aus fragwürdigen Verhältnissen stammt und mit dem festen Entschluss nach Europa reist, in die höchsten Gesellschaftskreise vorzudringen. Sie ist »ein echtes Kind des fernen Westens, eine Blume der Pazifikküste; ungebildet, keck, grob, aber voller Schneid und Feuer, ausgestattet mit natürlicher Intelligenz und einem sprunghaften, willkürlichen guten Geschmack«.

*Daisy Miller* entwickelt sich zu einer Tragödie, die mit dem

Tod der Heldin endet; *Eine Dame von Welt* ist eine Komödie, die zwangsläufig auf eine Hochzeit hinausläuft. Ob James jene Komödie wirklich als Spiegelbild seiner erfolgreichsten Erzählung plante, wissen wir nicht, doch wird aus seinen Tagebuchnotizen klar, dass er immer wieder bewusst die Figur der sozialen Aufsteigerin aus bescheidenen Verhältnissen als Gegenentwurf zu seiner vielgeliebten Daisy konzipierte, deren Namen, bedingt durch den Publikumserfolg, sogar für Damenmodenwerbung herhalten musste.

Ob irgendein Haus für Damenmode neben Daisy-Miller-Hüten je Nancy-Beck-Negligés im Angebot hatte? Wohl eher nicht. Stellt man die beiden Frauenfiguren jedoch nebeneinander, wirkt Daisy wie eine Gestalt auf einer alten, verblichenen Fotografie, die fest in ihrer Zeit, im späten 19. Jahrhundert, verankert bleibt, während Nancy Beck alias Mrs. Headway, willensstark, zielstrebig, unwiderstehlich, komisch und traurig zugleich, wie eine Vorbotin jener Rollen daherkommt, die Hollywooddiven von Mae West bis Marilyn Monroe berühmt gemacht haben und deren Naturell auch in unserer Gegenwart nicht anachronistisch auffallen würde, auch wenn die in James' Epoche noch entscheidende Frage der »Ehrbarkeit« heute mit einem Schulterzucken beantwortet würde.

»Ehrbarkeit« ist der Schlüsselbegriff in James' Erzählung, und auch in *Daisy Miller* spielt er eine Rolle. In dieser Novelle ist die Hauptfigur zweifellos ehrbar, läuft jedoch Gefahr, diese Tugend zu verlieren, da sie sich entgegen den Ratschlägen ihrer Freunde und den Weisungen ihrer Familie mit einem möglicherweise nicht ehrbaren Europäer abgibt. Mrs. Headway hingegen ist, wie ihr alter Freund und wahrscheinlicher Liebhaber Mr. Littlemore genau weiß, »nicht ehrbar«, sie hat ein skandalträchtiges Leben mit mehreren gescheiterten Ehen hinter sich und dunkle Flecken in ihrer Vergangenheit, die nicht näher erklärt werden, sie aber als »nicht gesellschaftsfähig« brandmarken würden, sobald jemand die ganze Wahrheit erführe. Die einzige Möglichkeit, den Makel zu entfernen, besteht darin, einen ehrbaren Mann zu heiraten.

Henry James wusste aus eigener Erfahrung, wie schwierig es war, in die Kreise der noblen englischen Gesellschaft vorzudringen. Als er in jungen Jahren zum ersten Mal längere Zeit in London verbrachte, besaß er einige unverzichtbare Empfehlungsschreiben, die ihm wichtige Türen öffneten. Dennoch musste er zunächst die landestypischen Gepflogenheiten lernen und beispielsweise herausfinden, dass man Höflichkeitsbesuche am besten sonntagnachmittags abstattete, da die Dame des Hauses unter der Woche meist nicht anzutreffen war. Bald erkannte er auch, dass die Mitgliedschaft in einem der exklusiven Londoner Clubs entscheidend sein konnte. Ein wohlhabender amerikanischer Diplomat verschaffte ihm den Status eines Gasts in dem angesehenen Athenaeum Club, der Einfluss einiger Bekannter ermöglichte ihm Mitgliedschaften im Travellers Club und St. James's Club, und schließlich wurde er für den Reform Club nominiert, der für ihn zu »einer Annehmlichkeit ersten Ranges« wurde, ohne die er in London nicht hätte leben können. Nach einigen ersten Einladungen fand man Gefallen an ihm, er wurde vom Strudel des Gesellschaftslebens erfasst, und Wochen verflogen, ohne dass er ein einziges Mal zu Hause gespeist hätte.

Für eine nicht mehr ganz junge Frau mit fragwürdiger Vergangenheit wie Mrs. Headway dürfte der Zugang zu denselben Kreisen ungleich schwieriger gewesen sein. Ihr Reichtum sei dabei, wie James boshaft feststellt, gewiss kein Nachteil gewesen, doch hat sie letztlich nur deshalb Erfolg, weil ihre englischen Gastgeber ihren Westküsten-Akzent unglaublich komisch finden. Das erinnert an amerikanische Autoren wie Stephen Crane, Bret Harte und Mark Twain, die in England populär wurden, weil sie die klischeehafte Rolle des raubeinigen Yankees bevorzugten. Henry James hingegen kam gut zurecht, weil er sich scheinbar mühelos anpasste, weil er in den Augen seiner Gastgeber einen weltgewandten Kosmopoliten darstellte, der die strenge Etikette tadellos beherrschte. Er wurde nicht nur eingeladen, weil er die richtigen Leute kannte oder weil die Damenwelt sich für den stattlichen, gutgekleideten Junggesellen interessierte, sondern weil er stets etwas Interessantes zur Konversation beitrug und die ausgesuchte Höflichkeit seiner Gastgeber perfekt imitierte.

Doch wie sehr James den gesellschaftlichen Umgang auch schätzte und als Quelle für Erfahrungen und Anekdoten nutzte, die später in seine Literatur einflossen, wurden ihm die zahllosen Einladungen bald derart lästig, dass er, um dem Trubel der Londoner Saison zu entgehen, Frühling und Herbst gern in Rom, Florenz, Venedig oder Paris verbrachte.

In Paris, wo er einige Monate als Korrespondent für die *New York Tribune* gearbeitet und neben seinem großen Vorbild Iwan Turgenjew die wichtigsten französischen Literaten der Zeit, Zola und Flaubert, persönlich kennengelernt hatte, fühlte er sich von sozialen Verpflichtungen weitgehend befreit. Er mied die amerikanischen Exilanten, die sich an der Seine niedergelassen hatten, und verbrachte seine Abende bevorzugt im Theater. Das auf den ersten Seiten von *Eine Dame von Welt* beschriebene Théâtre-Français war ihm wohlvertraut, und viele der dort aufgeführten Dramen und Komödien hatte er mehrmals gesehen. »Ein gutes Stück ist eine gute Sache«, schrieb er im Oktober 1878 an den britischen Autor und Herausgeber William Ernest Henley, »& dem Ihren wünsche ich gutes Gelingen. Achten Sie genau auf diese französischen Teufel, die alles wissen, was man über die dramatische Kunst (ich meine die Kunst des Dramas) unter modernen Bedingungen wissen kann: Dumas den Jüngeren, Émile Augier, sogar Sardou. Ich bin ein großer Bewunderer von Dumas dem Jüngeren und halte *Demi-Monde & Fils Naturel* für die besten modernen Komödien.«

Jene populären Bühnenwerke, die James immer wieder ausdrücklich lobte, distanzierten sich bewusst von der Überhöhung der Leidenschaft und der Geringschätzung bürgerlicher Moral in den Werken der Romantiker. Sie fühlten sich dem gesunden Menschenverstand verpflichtet, bemühten sich ausdrücklich um eine realistische Darstellung der Sitten, Konflikte, Vorurteile und Wesenszüge der höheren Pariser Gesellschaft und zeigten – meist im Gewand einer geistreichen Komödie –, dass man sein Glück nur finden könne, wenn man sich den unsichtbaren Schranken und ungeschriebenen Gesetzen jener Gesellschaft unterordnete. Eugène Scribe gilt als Vorläufer dieser Schule, Émile Augier führte die Tradition fort, gestaltete seine Werke jedoch realistischer, indem er seinen Figuren Alltagssprache in den Mund legte. Der von James erwähnte Victorien Sardou war ein weiterer beliebter Vertreter des bürgerlichen Dramas, und Alexandre Dumas der Jüngere wurde dank seines Wortwitzes und seiner satirischen Schärfe zum Meister des Genres. Dumas, der durch den Einfluss seines berühmten Vaters das Lebensgefühl und Milieu der Romantiker gut kannte, legte eher Wert auf die realistische Darstellung der Bühnenfiguren und ihrer sozialen Umwelt als auf die Vermittlung einer »unveränderlichen Moral« des Bürgertums. Dennoch wurde auch in seinen Werken diese Moral unmissverständlich präsentiert: »Die Gerechtigkeit und das Gesetz wollen, dass ein ehrenhafter Mann nur eine ehrbare Frau als Gattin heimführt«, lautet der Schlusssatz in seiner Komödie *Le Demi-Monde*, die Henry James in seinem Essay *Gelegentlich Paris* ausführlich diskutierte und einige Jahre später als deutlich erkennbare Vorlage für *Eine Dame von Welt* nutzte.

Dumas' Stück handelt vom Schicksal jener Frauen, die wegen irgendeiner tatsächlichen oder angedichteten Verfehlung von der vornehmen Gesellschaft ausgeschlossen, mit allen Mitteln versuchen, ihren ursprünglichen Status wiederzuerlangen. Der Autor macht das Problem mit folgenden Worten anschaulich: »Treten Sie einmal in den Laden eines Delikatessenhändlers ein, bei Chevet etwa oder Potel, und verlangen Sie seine besten Pfirsiche. Er wird Ihnen einen Korb mit den herrlichsten Früchten zeigen, die, durch Blätter voneinander getrennt, lose nebeneinanderliegen. Fragen Sie nach dem Preis, so sagt er vielleicht: ›Dreißig Sou das Stück.‹ Sie sehen sich um und entdecken sicherlich in der Nähe dieses Korbes einen anderen mit ganz ähnlichen Früchten, die aber so eng aneinanderliegen, dass man nur eine Seite der Frucht erblickt – diese kosten fünfzehn Sou. Sie fragen natürlich, warum diese ebenso großen, schönen, ebenso reifen und verlockenden Pfirsiche weniger kosten sollen als die anderen.

Dann wird er irgendeine beliebige Frucht mit zwei Fingern möglichst zart herausnehmen, sie umdrehen und Ihnen auf der Unterseite einen ganz kleinen schwarzen Punkt, die Ursache des geringen Preises, zeigen. Nun, mein Bester, Sie befinden sich hier im Korb der Pfirsiche für fünfzehn Sou. Die Frauen, die Sie hier umgeben, haben einen Fehler in ihrer Vergangenheit, einen Flecken auf ihrem Namen, sie drängen sich aneinander, damit man den Flecken möglichst wenig bemerkt; sie sind von derselben Herkunft, besitzen dasselbe Äußere und dieselben Vorurteile wie die Frauen der Gesellschaft, aber sie bilden, was wir die Halbwelt nennen, die wie eine schwimmende Insel auf dem Pariser Ozean treibt und die alles anruft, aufnimmt und zulässt, was fällt, was auswandert, was sich vom Festland rettet, ungerechnet der zufälligen Schiffbrüchigen und jener, die wer weiß woher kommen.«

James hat die Grundidee der ausgestoßenen Frau, die sich mit allerlei Tricks an einen ehrbaren Mann heranmacht, und des besten Freundes jenes Mannes, der mit Ränken und Intrigen die Pläne der Frau zu vereiteln sucht, freilich nicht kopiert, sondern sie in ein anderes Milieu versetzt, die Figurenkonstellation variiert und die Moral, die im Mittelpunkt des Stücks steht, auf ein anderes Niveau gehoben. Er versucht nicht, den Lesern zu erklären, was moralisch ist und was nicht, sondern stellt seine Figuren vor ein moralisches Problem, das sich als viel komplexer erweist, je genauer man es betrachtet, und lässt sie entsprechend ihrem Naturell ihr jeweils eigenes Urteil fällen. James war kein Romantiker, der moralische Gebote infrage stellte, er war aber auch kein Moralapostel, der seine Erzählungen als Vehikel für seine Thesen benutzte. Er interessierte sich lediglich dafür, wie eine bestimmte Person in einer bestimmten Situation reagiert, handelt und urteilt.

Ob eine nicht ehrbare Frau einen ehrbaren Mann heiraten soll, ist nicht die wichtigste Frage, mit der James seine Protagonisten konfrontiert. Das eigentliche Problem besteht darin, ob es richtig sei, die Ehre einer Frau mit einer Lüge zu verteidigen. Für Littlemore ist die Lage noch etwas komplizierter: Soll er mit einer Lüge die Ehre einer Frau verteidigen, von der er genau weiß, dass sie nicht ehrbar ist, der er aber vor Jahren freundschaftlich verbunden war?

In der Komödie von Dumas besteht die eigentliche Pointe darin, dass de Jalin, der seinen Freund vor der Ehe mit einer nicht ehrbaren Frau retten möchte, der einstige Liebhaber jener Dame und damit die Ursache ihres Makels ist. Durch diese Verwicklung wird das Heuchlerische jener bürgerlichen Moral offenbar, die das Stück vorgeblich propagiert.

Diese Dimension, die versteckte Kritik an einer heuchlerischen Moral, wird in James' Novelle auf subtilere Weise eingeführt. Über die Beziehung, die Littlemore und Nancy Beck einst pflegten, werden nur vage Informationen geliefert. Der Autor interessiert sich vor allem für die unterschiedlichen Wahrnehmungen und Vorstellungen seiner englischen und amerikanischen Protagonisten, die zwar alle eine bestimmte Vorstellung haben, was gut und richtig ist, ihre »Moral« aber stets so zurechtlegen, dass sie ihren persönlichen Zwecken dient: Lady Demesne gibt vor, die Ehe ihres Sohnes mit einer nicht ehrbaren Frau verhindern zu wollen, versucht aber lediglich, ihre Macht über Sir Arthur zu erhalten. Waterville empört sich über Mrs. Headways Mangel an Anstand, weil er selbst heimlich in sie verliebt ist. Sir Arthur will die Wahrheit über seine Geliebte nicht erfahren, um sich nicht gegen sie entscheiden zu müssen. Mrs. Dolphin unterstützt Lady Demesne, um ihren Status als Amerikanerin in der englischen Gesellschaft zu verbessern. Mrs. Headway, die begriffen hat, dass es lediglich darum geht, den Anschein zu wahren und ein Bild für die Öffentlichkeit zu konstruieren, handelt offen aus egoistischen Motiven. Nur Littlemore bleibt am Ende ein grundsätzlich moralischer Mensch, der schweigt, um nicht lügen zu müssen, und die Wahrheit erst ausspricht, als sie niemandem mehr schadet.

Offenbar – dies zeigt zumindest der Essay *Gelegentlich Paris* – hat James lange über die Figur Littlemore nachgedacht und sie als Gegenstück zu Dumas' de Jalin konzipiert, da er glaubte, sein angelsächsisches Publikum würde es nicht akzeptieren, dass jemand, der einen moralischen Standpunkt verteidigt, zu unmoralischen Mitteln wie Lügen und Intrigen greift. Seine langjährige Beschäftigung mit der französischen Sittenkomödie bildete auch die Grundlage seiner eigenen Bühnenwerke, die sich überwiegend als erfolglos erwiesen und später in Romane und Erzählungen umgeschrieben wurden. *Eine Dame von Welt* scheint, wenn man die Novelle mit dem Stück von Dumas vergleicht, eine Erklärung für diesen schmerzlichen Misserfolg zu liefern: Seine Figuren sind zu komplex, um ein Publikum zu fesseln, das eine leichte Komödie erwartet. Eine Figur wie Littlemore, die in der Novelle äußerst lebendig porträtiert wird, würde auf der Bühne nur untätig und gleichgültig wirken, insbesondere wenn man ihm einen de Jalin gegenüberstellt.

Henry James nutzte seine Erfahrungen im Theatermilieu auf andere Weise. Er schuf mit seinen letzten Romanen, von

*The Awkward Age* bis zu *Die goldene Schale*, eine »szenische Literatur«, die in Szenen und Akten geplant war, Hintergrundschilderungen auf das Nötigste reduzierte und die Handlung fast ausschließlich in den Dialogen entfaltete. *Eine Dame von Welt* entstand viele Jahre vor diesem Konzept, das eng mit James' Spätwerk verbunden ist. Die Novelle kann jedoch als wichtige Etappe betrachtet werden; sie zeigt alle Tugenden eines großen Erzählers, enthält Spuren des köstlichen Humors eines profunden Menschenkenners und erste Aspekte dessen, was in den folgenden Werken bis zur Perfektion entfaltet wurde.

*Alexander Pechmann*

# ANMERKUNGEN

5 *Comédie-Française* – Auch Théâtre-Français, das zwischen 1786 und 1790 erbaute französische Nationaltheater in Paris. Henry James war während seiner Aufenthalte in Paris ein regelmäßiger Besucher.
*Émile Augier* – Populärer französischer Bühnenautor (1820–1889), dessen Stücke moralisierend und didaktisch waren. *L'Aventurière* war eine der Vorlagen für Henry James' Erzählung.
6 *Akademiemitglieds* – Die 1634/35 von Kardinal Richelieu gegründete Académie française, eine Organisation zur Förderung des literarischen Geschmacks und der Sprache.
8 *ouvreuse* – Platzanweiserin.
9 *entr'acte* – Pause zwischen den Akten eines Bühnenstücks.
10 *Houdons* – Jean-Antoine Houdon (1741–1828), französischer Bildhauer, der für religiöse und mythologische Motive im Rokoko-Stil berühmt war. Neben der erwähnten Bronzestatue, die einen sitzenden Voltaire darstellt, schuf er vier weitere Büsten des Philosophen.
11 *Candide* – Voltaires philosophischer Schelmenroman von 1758, der zu dem Schluss kommt, dass das wahre Glück im Bestellen des eigenen Gartens zu finden sei.
22 *Hôtel Meurice* – Eigentlich Hôtel Le Meurice, von reichen britischen Besuchern bevorzugtes Luxushotel in Paris, in dem typisch englische Gerichte serviert wurden.
26 *demitasse* – Mokkatasse.
*Le Demi-Monde* – *Halbwelt* (dt.), 1855 uraufgeführtes Drama von Alexandre Dumas d. J. (1824–1895), das Henry James eine weitere Vorlage für seine Erzählung lieferte. Dumas schrieb moralisierende Stücke über alltägliche Sorgen des Bürgertums.

33 *Figaro* – Eine der wichtigsten politischen Tageszeitungen Frankreichs, gegründet 1826.
36 *mêler les genres* – Die Gattungen vermischen; gemeint ist sozialer Aufstieg durch Heirat.
41 *Elle ne se doute de rien* – Sie zweifelt an nichts, traut sich zu viel zu.
51 *entrées* – Vorspeisen.
65 *Odéon* – Eines der großen Theater in Paris, ein neoklassizistischer Bau aus dem späten 18. Jahrhundert.
66 *coupé* – Geschlossene Kutsche für zwei Personen.
77 *billet d'auteur* – Vom Autor des Stücks vergebene Freikarte.
*Sir Christopher Wren* – Britischer Architekt und Astronom (1632 bis 1723).
116 *à toute épreuve* – Unbedingt, erwiesenermaßen.
*Ausstellung von 1878* – Die Weltausstellung, für die Prachtbauten wie das Palais du Trocadéro errichtet wurden (1937 durch das Palais de Chaillot ersetzt).
141 *ouvrier* – Arbeiter.
142 *Monsieur Haussmann* – Georges-Eugène Haussmann (1809–1891), Stadtplaner, unter Napoleon III. bis 1870 für die Modernisierung und Neugestaltung des Pariser Stadtbildes verantwortlich.
147 *pourboires* – Trinkgelder.
149 *L'Assommoir* – *Der Totschläger* (dt.), 1877 veröffentlichter Roman von Émile Zola (1840 – 1902), schildert anhand des Aufstiegs und Falls der Wäscherin Gervaise Macquart das Milieu der Pariser Arbeiterklasse und das Problem des Alkoholismus.
*grisettes* – Frauen der Arbeiterklasse, so genannt wegen des grauen, ungefärbten Stoffs ihrer Kleidung (*gris*: grau).
*Ce louchon d'Augustine* – Dieses schielende Kind von Augustine.
153 *les habitudes de Monsieur* – Die Gewohnheiten des Herrn.
*Je ne l'ai plus …* – Ich habe keine mehr, mein Herr, aber ich könnte Ihnen etwas Ähnliches anbieten.
154 *cabaret* – Wirtshaus, hier als Gegenstück zum vornehmen Restaurant.
*Sarah Bernhardt* – Berühmteste Schauspielerin (1844–1923) im Frankreich des 19. Jahrhunderts.

154 *Andromaque* – Andromache (dt.), klassische Tragödie (1667) von Jean Racine (1639 bis 1699).
155 *Francisque Sarcey* – Theaterkritiker (1827–1899) von *Le Temps*, der leidenschaftlich die Traditionen des Théâtre-Français verteidigte.
*Croizette* – Sophie Alexandrine Croizette (1847–1901), Schauspielerin der Comédie-Française.
*George Sand* – Autorin (1804–1876) der französischen Romantik.
*Delaunay* – Louis-Arsène Delaunay (1826–1903), Schauspieler der Comédie-Française.
156 *le plus honnête homme que je connais* – Der ehrlichste Mann, den ich kenne.

# CHRONIK

| | |
|---|---|
| 1843 | *15. April:* Henry James, Sohn von Henry James senior und Mary James, geb. Walsh, in New York geboren. |
| 1843/44 | Die Eltern reisen mit Henry und seinem älteren Bruder William nach Paris und London. |
| 1845–1855 | Kindheit in Albany und New York. |
| 1855–1858 | Besucht Schulen in Genf, London, Paris und Boulogne-sur-Mer. |
| 1858 | Die Eltern ziehen nach Newport, Rhode Island. |
| 1859 | Schulbesuch in Genf, lernt Deutsch in Bonn. |
| 1860 | Schulbesuch in Newport. Erleidet Rückenverletzung beim Dienst in der freiwilligen Feuerwehr. Wegen dieser Verletzung wird er kurz vor Ausbruch des Bürgerkriegs für den Militärdienst als untauglich eingestuft. |
| 1862/63 | Studiert Jura an der Harvard University. |
| 1864 | Die Familie zieht nach Boston, dann nach Cambridge. Erste Kurzgeschichte erscheint anonym. |
| 1865 | Erste Kurzgeschichte unter eigenem Namen in *Atlantic Monthly* veröffentlicht. |
| 1869/70 | Reisen durch England, Frankreich und Italien. |
| 1870 | Cambridge. Erster Roman veröffentlicht: *Watch and Ward*. |
| 1872–1874 | Reisen durch Europa mit einer Tante und seiner Schwester Alice. Beginnt Arbeit an *Roderick Hudson*. |
| 1875 | New York. *Roderick Hudson* und zwei Bände mit Reiseskizzen und Erzählungen veröffentlicht. |
| 1875/76 | Paris. Trifft Autoren wie Turgenjew, Flaubert, Maupassant, Zola. Arbeit an *Der Amerikaner*. |
| 1876/77 | London. Reisen nach Paris, Florenz, Rom. |

| | |
|---|---|
| 1878 | Die Novelle *Daisy Miller* wird in England und den USA ein Erfolg. *Die Europäer* veröffentlicht. |
| 1879–1882 | *Die Erbin vom Washington Square*, *Vertrauen*, *Bildnis einer Dame* veröffentlicht. |
| 1881–1883 | Boston. Tod der Eltern. *Eine Dame von Welt*. |
| 1884 | Umzug nach London. Seine Schwester Alice folgt ihm nach England. |
| 1886/87 | *Damen in Boston*, *Die Prinzessin Casamassima* veröffentlicht, arbeitet an *Die Aspern-Schriften*, *The Reverberator*. Reisen nach Florenz und Venedig. |
| 1888 | *Überfahrt mit Dame*, *Partial Portraits*, zahlreiche Erzählungen. |
| 1890 | Schreibt Komödien, die allesamt abgelehnt werden, und die Bühnenfassung von *Der Amerikaner* – ein Misserfolg. |
| 1892 | Alice stirbt in London. |
| 1895 | Sein Bühnenstück *Guy Domville* wird ausgepfiffen. Gibt seine Theaterambitionen auf. |
| 1896/97 | *Die Schätze von Poynton*, *Maisie*. |
| 1898 | Umzug nach Rye, Sussex. *The Turn of the Screw* (verschiedene deutsche Titel, darunter *Die Drehung der Schraube*). |
| 1899–1900 | Freundschaft mit Joseph Conrad und H. G. Wells. *The Awkward Age*, *Der Wunderbrunnen*. |
| 1902–1904 | *Die Gesandten*, *Die Flügel der Taube*, *Die goldene Schale*. Begegnet Hans Christian Andersen. |
| 1905 | USA-Reise. Vorträge über Sprache und Literatur. |
| 1906–1910 | Überarbeitet Romane und Erzählungen für die New-York-Edition seiner Werke in 24 Bänden. |
| 1910 | Bruder William stirbt. |
| 1913 | Arbeit an der Autobiographie, deren dritter Band unvollendet bleibt. |
| 1914 | Ehrenamtlicher Besuch verwundeter britischer Soldaten. |
| 1915 | Nimmt die britische Staatsbürgerschaft an. |
| 1916 | *28. Februar:* Henry James stirbt in Chelsea, die Asche wird im Familiengrab in Cambridge, Massachusetts, beigesetzt. Sein Gesamtwerk umfasst 20 Romane, 112 Erzählungen, |

12 Theaterstücke, Reiseberichte, Essays, literaturwissenschaftliche Publikationen – darunter eine Monographie über Nathaniel Hawthorne – und autobiographische Texte. Private Aufzeichnungen und Briefe wurden in verschiedenen Editionen publiziert, sind aber bislang nicht vollständig erschlossen.

# EDITORISCHE NOTIZ

*Eine Dame von Welt* (*The Siege of London*) erschien erstmals im Londoner *Cornhill Magazine*, Januar/Februar 1883. Die erste Buchausgabe wurde im selben Jahr in Boston gedruckt und eine von James überarbeitete Fassung in die New-York-Edition (Bd. XIV) seiner gesammelten Werke aufgenommen. Vorliegende Übersetzung basiert auf der ursprünglichen Version der Novelle in: Henry James, *Collected Stories*, Vol. I., Everyman's Library, New York 1999.

*Gelegentlich Paris* (*Occasionally Paris*) erschien erstmals unter dem Titel »Paris Revisited« in der *New York Tribune* vom 11. Dezember 1877 sowie im Magazin *Galaxy* vom Januar 1878 und wurde 1883 in dem Sammelband *Portraits of Places* unter neuem Titel nachgedruckt. Vorlage der Übersetzung war der Reprint dieses Bandes von Gerald Duckworth & Co., London 2001.

Weitere Informationen zu Henry James' Leben und Werk in: *Henry James – Die Alchemie der Worte*, ein biographisches Kaleidoskop von Alexander Pechmann (Edition Film und Buch 2015).

Der Abdruck der Abbildungen erfolgt mit freundlicher Genehmigung von ullstein bild – Roger-Viollet / Albert Harlingue (Frontispiz) sowie ullstein bild – JT Vintage / Glasshouse Images (S. 136).

# INHALT

Henry James  *Eine Dame von Welt* .................. 5

### Anhang

Henry James  *Gelegentlich Paris* ..................... 137

*Ein Kind des fernen Westens*  Nachwort ............... 158
Anmerkungen ....................................... 169
Chronik ............................................ 172
Editorische Notiz ................................... 175